HÉSIODE ÉDITIONS

EDMOND ABOUT

Le Nez d'un notaire

Hésiode éditions

© Hésiode éditions.

1 rue Honoré - 93500 Pantin.
ISBN 978-2-493135-07-0
Dépôt légal : Septembre 2022

Impression Books on Demand GmbH

In de Tarpen 42
22848 Norderstedt, Allemagne

Le Nez d'un notaire

I
L'ORIENT ET L'OCCIDENT SONT AUX PRISES :
LE SANG COULE

Maître Alfred L'Ambert, avant le coup fatal qui le contraignit à changer de nez, était assurément le plus brillant notaire de France. En ce temps-là, il avait trente-deux ans ; sa taille était noble, ses yeux grands et bien fendus ; son front olympien, sa barbe et ses cheveux du blond le plus aimable. Son nez (premier du nom) se recourbait en bec d'aigle. Me croira qui voudra, mais la cravate blanche lui allait dans la perfection. Est-ce parce qu'il la portait depuis l'âge le plus tendre, ou parce qu'il se fournissait chez la bonne faiseuse ? Je suppose que c'était pour ces deux raisons à la fois.

Autre chose est de se nouer autour du cou un mouchoir de poche roulé en corde ; autre chose de former avec art un beau nœud de batiste blanche dont les deux bouts égaux, empesés sans excès, se dirigent symétriquement vers la droite et la gauche. Une cravate blanche bien choisie et bien nouée n'est pas un ornement sans grâce ; toutes les dames vous le diront. Mais il ne suffit point de la mettre ; il faut encore la bien porter : c'est une affaire d'expérience. Pourquoi les ouvriers paraissent-ils si gauches et si empruntés le jour de leurs noces ? Parce qu'ils se sont affublés d'une cravate blanche sans aucune étude préparatoire.

On s'accoutume en un rien de temps à porter les coiffures les plus exorbitantes ; une couronne, par exemple. Le soldat Bonaparte en ramassa une que le roi de France avait laissé tomber sur la place Louis XV. Il s'en coiffa lui-même, sans avoir pris leçon de personne, et l'Europe déclara qu'un tel bonnet ne lui allait pas mal. Bientôt même il mit la couronne à la mode dans le cercle de sa famille et de ses amis intimes. Tout le monde autour de lui la portait ou la voulait porter. Mais cet homme extraordinaire ne fut jamais qu'un porte-cravate assez médiocre. M. le vicomte de C***, auteur de plusieurs poèmes en prose, avait étudié la diplomatie, ou l'art de se cravater avec fruit.

Il assista, en 1815, à la revue de notre dernière armée, quelques jours avant la campagne de Waterloo. Savez-vous ce qui frappa son esprit dans cette fête héroïque où éclatait l'enthousiasme désespéré d'un grand peuple ? C'est que la cravate de Bonaparte n'allait pas bien.

Peu d'hommes, sur ce terrain pacifique, auraient pu se mesurer avec maître Alfred L'Ambert. Je dis L'Ambert, et non Lambert : il y a décision du conseil d'État. Maître L'Ambert, successeur de son père, exerçait le notariat par droit de naissance. Depuis deux siècles et plus, cette glorieuse famille se transmettait de mâle en mâle l'étude de la rue de Verneuil avec la plus haute clientèle du faubourg Saint-Germain.

La charge n'était pas cotée, n'étant jamais sortie de la famille ; mais, d'après le produit des cinq dernières années, on ne pouvait l'estimer moins de trois cent mille écus. C'est dire qu'elle rapportait, bon an, mal an, quatre-vingt-dix mille livres. Depuis deux siècles et plus, tous les aînés de la famille avaient porté la cravate blanche aussi naturellement que les corbeaux portent la plume noire, les ivrognes le nez rouge, ou les poètes l'habit râpé. Légitime héritier d'un nom et d'une fortune considérables, le jeune Alfred avait sucé les bons principes avec le lait. Il méprisait dûment toutes les nouveautés politiques qui se sont introduites en France depuis la catastrophe de 1789. À ses yeux, la nation française se composait de trois classes : le clergé, la noblesse et le tiers état. Opinion respectable et partagée encore aujourd'hui par un petit nombre de sénateurs. Il se rangeait modestement parmi les premiers du tiers état, non sans quelques prétentions secrètes à la noblesse de robe. Il tenait en profond mépris le gros de la nation française, ce ramassis de paysans et de manœuvres qu'on appelle le peuple, ou la vile multitude. Il les approchait le moins possible, par égard pour son aimable personne, qu'il aimait et soignait passionnément. Svelte, sain et vigoureux comme un brochet de rivière, il était convaincu que ces gens-là sont du fretin de poisson blanc, créé tout exprès par la

Providence pour nourrir MM. les brochets.

Charmant homme au demeurant, comme presque tous les égoïstes ; estimé au Palais, au cercle, à la chambre des notaires, à la conférence de Saint-Vincent de Paul et à la salle d'armes, beau tireur de pointe et de contre-pointe ; beau buveur, amant généreux, tant qu'il avait le cœur pris ; ami sûr avec les hommes de son rang ; créancier des plus gracieux, tant qu'il touchait les intérêts de son capital ; délicat dans ses goûts, recherché dans sa toilette, propre comme un louis neuf, assidu le dimanche aux offices de Saint-Thomas d'Aquin, les lundis, mercredis et vendredis au foyer de l'Opéra, il eût été le plus parfait gentleman de son temps au physique comme au moral, sans une déplorable myopie qui le condamnait à porter des lunettes. Est-il besoin d'ajouter que ses lunettes étaient d'or, et les plus fines, les plus légères, les plus élégantes qu'on eût fabriquées chez le célèbre Mathieu Luna, quai des Orfèvres ?

Il ne les portait pas toujours, mais seulement à l'étude ou chez le client, lorsqu'il avait des actes à lire. Croyez que les lundis, mercredis et vendredis, lorsqu'il entrait au foyer de la danse, il avait soin de démasquer ses beaux yeux. Aucun verre biconcave ne voilait alors l'éclat de son regard. Il n'y voyait goutte, j'en conviens, et saluait quelquefois une marcheuse pour une étoile ; mais il avait l'air résolu d'un Alexandre entrant à Babylone. Aussi les petites filles du corps de ballet, qui donnent volontiers des sobriquets aux personnes, l'avaient-elles surnommé Vainqueur. Un bon gros Turc, secrétaire à l'ambassade, avait reçu le nom de Tranquille, un conseiller d'État s'appelait Mélancolique ; un secrétaire général du ministère de***, vif et brouillon dans ses allures, se nommait M. Turlu. C'est pourquoi la petite Élise Champagne, dite aussi Champagne IIe, reçut le nom de Turlurette lorsqu'elle sortit des coryphées pour s'élever au rang de sujet.

Mes lecteurs de province (si tant est que ce récit dépasse jamais les fortifications de Paris) vont méditer une minute ou deux sur le paragraphe qui précède. J'entends d'ici les mille et une questions qu'ils adressent mentalement à l'auteur. « Qu'est-ce que le foyer de la danse ? Et le corps de ballet ? Et les étoiles de l'Opéra ? Et les coryphées ? Et les sujets ? Et les marcheuses ? Et les secrétaires généraux qui s'égarent dans un tel monde, au risque d'y attraper des sobriquets ! Enfin par quel hasard un homme posé, un homme rangé, un homme de principes, comme maître Alfred L'Ambert, se trouvait-il trois fois par semaine au foyer de la danse ? »

Eh ! chers amis, c'est précisément parce qu'il était un homme posé, un homme rangé et un homme de principes. Le foyer de la danse était alors un vaste salon carré, entouré de vieilles banquettes de velours rouge et peuplé de tous les hommes les plus considérables de Paris. On y rencontrait non seulement des financiers, des conseillers d'État, des secrétaires généraux, mais encore des ducs et des princes, des députés, des préfets, et les sénateurs les plus dévoués au pouvoir temporel du pape ; il n'y manquait que des prélats. On y voyait des ministres mariés, et même les plus complètement mariés entre tous nos ministres. Quand je dis on y voyait, ce n'est pas que je les aie vus moi-même ; vous pensez bien que les pauvres diables de journalistes n'entraient pas là comme au moulin. Un ministre tenait en main les clefs de ce salon des Hespérides ; nul n'y pénétrait sans l'aveu de Son Excellence. Aussi fallait-il voir les rivalités, les jalousies et les intrigues ! Combien de cabinets on a culbutés sous les prétextes les plus divers, mais au fond parce que tous les hommes d'État veulent régner sur le foyer de la danse ! N'allez pas croire au moins que ces personnages y fussent attirés par l'appât des plaisirs défendus ! Ils brûlaient d'encourager un art éminemment aristocratique et politique.

La marche des années a peut-être changé tout cela, car les aventures de maître L'Ambert ne datent point de cette semaine. Elles ne remontent pourtant pas à l'antiquité la plus reculée. Mais des raisons de haute convenance me défendent de préciser l'année exacte où cet officier ministériel échangea son nez aquilin contre un nez droit. C'est pourquoi j'ai dit vaguement en ce temps-là, comme les fabulistes. Contentez-vous de savoir que l'action se place, dans les annales du monde, entre l'incendie de Troie par les Grecs et l'incendie du palais d'Été à Pékin par l'armée anglaise, deux mémorables étapes de la civilisation européenne.

Un contemporain et un client de maître L'Ambert, M. le marquis d'Ombremule, disait un soir au café Anglais :

— Ce qui nous distingue du commun des hommes, c'est notre fanatisme pour la danse. La canaille raffole de musique. Elle bat des mains aux opéras de Rossini, de Donizetti et d'Auber : il paraît qu'un million de petites notes mises en salade a quelque chose qui flatte l'oreille de ces gens-là. Ils poussent le ridicule jusqu'à chanter eux-mêmes de leur grosse voix éraillée, et la police leur permet de se réunir dans certains amphithéâtres pour écorcher quelques ariettes. Grand bien leur fasse ! Quant à moi, je n'écoute point un opéra, je le regarde : j'arrive pour le divertissement, et je me sauve après. Ma respectable aïeule m'a conté que toutes les grandes dames de son temps n'allaient à l'Opéra que pour le ballet. Elles ne refusaient aucun encouragement à MM. les danseurs. Notre tour est venu ; c'est nous qui protégeons les danseuses : honni soit qui mal y pense !

La petite duchesse de Biétry, jeune, jolie et délaissée, eut la faiblesse de reprocher à son mari les habitudes d'Opéra qu'il avait prises.

— N'êtes-vous pas honteux, lui disait-elle, de m'abandonner dans ma loge avec tous vos amis pour courir je ne sais où ?

— Madame, répondit-il, lorsqu'on espère une ambassade, ne doit-on pas étudier la politique ?

— Soit ; mais il y a, je pense, de meilleures écoles dans Paris.

— Aucune. Apprenez, ma chère enfant, que la danse et la politique sont jumelles. Chercher à plaire, courtiser le public, avoir l'œil sur le chef d'orchestre, composer son visage, changer à chaque instant de couleur et d'habit, sauter de gauche à droite et de droite à gauche, se retourner lestement, retomber sur ses pieds, sourire avec des larmes plein les yeux, n'est-ce pas en quelques mots le programme de la danse et de la politique ?

La duchesse sourit, pardonna, et prit un amant.

Les grands seigneurs comme le duc de Biétry, les hommes d'État comme le baron de F..., les gros millionnaires comme le petit M. St..., et les simples notaires comme le héros de cette histoire se coudoient pêle-mêle au foyer de la danse et dans les coulisses du théâtre. Ils sont tous égaux devant l'ignorance et la naïveté de ces quatre-vingts petites ingénues qui composent le corps de ballet. On les appelle MM. les abonnés, on leur sourit gratis, on bavarde avec eux dans les petits coins, on accepte leurs bonbons et même leurs diamants comme des politesses sans conséquence et qui n'engagent à rien celle qui les reçoit. Le monde s'imagine bien à tort que l'Opéra est un marché de plaisir facile et une école de libertinage. On y trouve des vertus en plus grand nombre que dans aucun autre théâtre de Paris : et pourquoi ? parce que la vertu y est plus chère que partout ailleurs.

N'est-il pas intéressant d'étudier de près ce petit peuple de jeunes filles, presque toutes parties de fort bas et que le talent ou la beauté peut en un rien de temps élever assez haut ? Fillettes de quatorze à seize ans pour la plupart, nourries de pain sec et de pommes vertes dans une mansarde d'ouvrière ou dans une loge de concierge, elles viennent au théâtre en tartan et en savates et courent s'habiller furtivement. Un quart d'heure après, elles descendent au foyer radieuses, étincelantes, couvertes de soie, de gaze et de fleurs, le tout aux frais de l'État, et plus brillantes que les fées, les anges et les houris de nos rêves. Les ministres et les princes leur baisent les mains et blanchissent leur habit noir à la céruse de leurs bras nus. On leur débite à l'oreille des madrigaux vieux et neufs qu'elles comprennent quelquefois. Quelques-unes ont de l'esprit naturel et causent bien ; celles-là, on se les arrache.

Un coup de sonnette appelle les fées au théâtre ; la foule des abonnés les poursuit jusqu'à l'entrée de la scène, les retient et les accapare derrière les portants de coulisses. Vertueux abonné qui brave la chute des décors, les taches d'huile des quinquets et les miasmes les plus divers pour le plaisir d'entendre une petite voix légèrement enrouée murmurer ces mots charmants :

– Crénom ! j'ai-t-il mal aux pieds !

La toile se lève, et les quatre-vingts reines d'une heure s'ébattent joyeusement sous les lorgnettes d'un public enflammé. Il n'y en a pas une qui ne voie ou ne devine dans la salle deux, trois, dix adorateurs connus ou inconnus. Quelle fête pour elles jusqu'à la chute du rideau ! Elles sont jolies, parées, lorgnées, admirées, et elles n'ont rien à craindre de la critique ni des sifflets.

Minuit sonne : tout change comme dans les féeries. Cendrillon remonte avec sa mère ou sa sœur aînée vers les sommets économiques de Batignolles ou de Montmartre. Elle boite un tantinet, pauvre petite ! Et elle éclabousse ses bas gris. La bonne et sage mère de famille, qui a placé toutes ses espérances sur la tête de cette enfant, rabâche, chemin faisant, quelques leçons de sagesse :

– Marchez droit dans la vie, ô ma fille, et ne vous laissez jamais choir ! ou, si le destin veut absolument qu'un tel malheur vous arrive, ayez soin de tomber sur un lit en bois de rose !

Ces conseils de l'expérience ne sont pas toujours suivis. Le cœur parle quelquefois. On a vu des danseuses épouser des danseurs. On a vu des petites filles, jolies comme la Vénus Anadyomène, économiser cent mille francs de bijoux pour conduire à l'autel un employé à deux mille francs.

D'autres abandonnent au hasard le soin de leur avenir, et font le désespoir de leur famille. Celle-ci attend le 10 avril pour disposer de son cœur, parce qu'elle s'est juré à elle-même de rester sage jusqu'à dix-sept ans. Celle-là trouve un protecteur à son goût et n'ose le dire : elle craint la vengeance d'un conseiller référendaire qui a promis de la tuer et de se suicider ensuite si elle aimait un autre que lui. Il plaisantait, comme vous pensez bien, mais on prend les paroles au sérieux dans ce petit monde. Qu'elles sont naïves et ignorantes de tout ! On a entendu deux grandes filles de seize ans se disputer sur la noblesse de leur origine et le rang de leurs familles :

– Voyez un peu cette demoiselle ! disait la plus grande. Les boucles d'oreilles de sa mère sont en argent, et celles de mon père sont en or !

Maître Alfred L'Ambert, après avoir longtemps voltigé de la brune à la blonde, avait fini par s'éprendre d'une jolie brunette aux yeux bleus. Mademoiselle Victorine Tompain était sage, comme on l'est généralement à l'Opéra, jusqu'à ce qu'on ne le soit plus. Bien élevée d'ailleurs, et incapable de prendre une résolution extrême sans consulter ses parents. Depuis tantôt six mois, elle se voyait serrée d'assez près par le beau notaire et par Ayvaz-Bey, ce gros Turc de vingt-cinq ans que l'on désignait par le sobriquet de Tranquille. L'un et l'autre lui avaient tenu des discours sérieux, où il était question de son avenir. La respectable madame Tompain maintenait sa fille dans un sage milieu, en attendant qu'un des deux rivaux se décidât à lui parler affaires. Le Turc était un bon garçon, honnête, posé et timide. Il parla cependant et fut écouté.

Tout le monde apprit bientôt ce petit événement, excepté maître L'Ambert, qui enterrait un oncle dans le Poitou. Lorsqu'il revint à l'Opéra, mademoiselle Victorine Tompain avait un bracelet de brillants, des dormeuses de brillants et un cœur de brillants pendu au cou comme un lustre. Le notaire était myope ; je crois vous l'avoir dit dès le début. Il ne vit rien de ce qu'il aurait dû voir, pas même les sourires malins qui le saluèrent à sa rentrée. Il tournoya, babilla et brilla comme à son ordinaire, attendant avec impatience la fin du ballet et la sortie des enfants. Ses calculs étaient faits : l'avenir de mademoiselle Victorine se trouvait assuré, grâce à cet excellent oncle de Poitiers qui était mort juste à point.

Ce qu'on appelle à Paris le passage de l'Opéra est un réseau de galeries larges ou étroites, éclairées ou obscures, de niveaux forts divers qui relient le boulevard, la rue Lepeletier, la rue Drouot et la rue Rossini. Un long couloir, découvert dans sa plus grande partie, s'étend de la rue Drouot à la rue Lepeletier, perpendiculairement aux galeries du Baromètre et de l'Horloge. C'est dans sa partie la plus basse, à deux pas de la rue Drouot, que s'ouvre la porte secrète du théâtre, l'entrée nocturne des artistes. Tous les deux jours, à minuit, un flot de 300 à 400 personnes s'écoule tumultueusement sous les yeux du digne papa Monge, concierge de ce paradis. Machinistes, comparses, marcheuses, choristes, danseurs et danseuses, ténors et soprani, auteurs, compositeurs, administrateurs, abonnés, se ruent pêle-mêle. Les uns descendent vers la rue Drouot, les autres remontent l'escalier qui conduit par une galerie découverte à la rue Lepeletier.

Vers le milieu du passage découvert, au bout de la galerie du Baromètre, Alfred L'Ambert fumait un cigare et attendait. À dix pas plus loin, un petit homme rond, coiffé du tarbouch écarlate, aspirait par bouffées égales la fumée d'une cigarette de tabac turc, plus grosse que le petit doigt. Vingt autres flâneurs intéressés piétinaient ou attendaient autour d'eux, chacun pour soi, sans nul souci du voisin. Et les chanteurs traversaient en fredonnant, et les sylphes mâles, traînant un peu la savate, passaient en boitant, et, de minute en minute, une ombre féminine enveloppée de noir, de gris ou de marron, glissait entre les rares becs de gaz, méconnaissable à tous les yeux, excepté aux yeux de l'amour.

On se rencontre, on s'aborde, on s'enfuit, sans prendre congé de la compagnie. Halte-là ! voici un bruit étrange et un tumulte inusité. Deux ombres légères ont passé, deux hommes ont couru, deux flammes de cigare se sont rapprochées ; on a entendu des éclats de voix et comme le bruit d'une rapide querelle. Les promeneurs se sont amassés sur un point ; mais ils n'ont plus trouvé personne. Et maître Alfred L'Ambert redescend tout seul vers sa voiture, qui l'attendait au boulevard. Il hausse les épaules et regarde machinalement cette carte de visite tachée d'une large goutte de sang :

Ayvaz-Bey
Secrétaire de l'ambassade ottomane,
Rue de Grenelle Saint-Germain, 100.

Écoutez ce qu'il dit entre ses dents, le beau notaire de la rue de Verneuil :

– La sotte affaire ! Du diable si je savais qu'elle eût donné des droits à cet animal de Turc !… car c'est bien lui… Aussi pourquoi n'avais-je pas mis mes lunettes ?… Il paraît que je lui ai donné un coup de poing sur le nez ? Oui, sa carte est tachée et mes gants le sont aussi. Me voilà un Turc sur les bras par une simple maladresse ; car je ne lui en veux pas, à ce garçon… La petite m'est fort indifférente, après tout… Il l'a, qu'il la garde ! Deux honnêtes gens ne vont pas s'égorger pour mademoiselle Victorine Tompain… C'est ce maudit coup de poing qui gâte tout…

Voilà ce qu'il disait entre ses dents, ses trente-deux dents, plus blanches et plus aiguës que celles d'un jeune loup. Il renvoya son cocher à la maison et se dirigea à pied, au petit pas, vers le cercle des Chemins de fer. Là, il trouva deux amis et leur conta son aventure. Le vieux marquis de Villemaurin, ancien capitaine de la garde royale, et le jeune Henri Steimbourg, agent de change, jugèrent unanimement que le coup de poing gâtait tout.

II
LA CHASSE AU CHAT

Un philosophe turc a dit :

« Il n'y a pas de coups de poing agréables ; mais les coups de poing sur le nez sont les plus désagréables de tous. »

Le même penseur ajoute avec raison, dans le chapitre suivant :

« Frapper un ennemi devant la femme qu'il aime, c'est le frapper deux fois. Tu offenses le corps et l'âme. »

C'est pourquoi le patient Ayvaz-Bey rugissait de colère en ramenant mademoiselle Tompain et sa mère à l'appartement qu'il leur avait meublé. Il leur donna le bonsoir à leur porte, sauta dans une voiture et se fit mener, toujours saignant, chez son collègue et son ami Ahmed.

Ahmed dormait sous la garde d'un nègre fidèle ; mais, s'il est écrit : « Tu n'éveilleras point ton ami qui dort », il est écrit aussi : « Éveille-le cependant s'il y a danger pour lui ou pour toi. » On éveilla le bon Ahmed. C'était un long Turc de trente-cinq ans, maigre et fluet, avec de grandes jambes arquées. Excellent homme, d'ailleurs, et garçon d'esprit. Il y a du bon, quoi qu'on dise, chez ces gens-là. Lorsqu'il vit la figure ensanglantée de son ami, il commença par lui faire apporter un grand bassin d'eau fraîche ; car il est écrit : « Ne délibère pas avant d'avoir lavé ton sang : tes pensées seraient troubles et impures. »

Ayvaz fut plus tôt débarbouillé que calmé. Il raconta son aventure avec colère. Le nègre, qui se trouvait en tiers dans la confidence, offrit aussitôt de prendre son kandjar et d'aller tuer M. L'Ambert. Ahmed-Bey le remercia de ses bonnes intentions en le poussant du pied hors de la chambre.

– Et maintenant, dit-il au bon Ayvaz, que ferons-nous ?

– C'est bien simple, répondit l'autre : je lui couperai le nez demain matin. La loi du talion est écrite dans le Koran : « Œil pour œil, dent pour dent, nez pour nez ! »

Ahmed lui remontra que le Koran était sans doute un bon livre, mais qu'il avait un peu vieilli. Les principes du point d'honneur ont changé depuis Mahomet. D'ailleurs, à supposer qu'on appliquât la loi au pied de la lettre, Ayvaz serait réduit à rendre un coup de poing à M. L'Ambert.

– De quel droit lui couperais-tu le nez, lorsqu'il n'a pas coupé le tien ?

Mais un jeune homme qui vient d'avoir le nez écrasé en présence de sa maîtresse se rend-il jamais à la raison ? Ayvaz voulait du sang. Ahmed dut lui en promettre.

– Soit, lui dit-il. Nous représentons notre pays à l'étranger ; nous ne devons pas recevoir un affront sans faire preuve de courage. Mais comment pourras-tu te battre en duel avec M. L'Ambert suivant les usages de ce pays ? Tu n'as jamais tiré l'épée.

– Qu'ai-je à faire d'une épée ? Je veux lui couper le nez, te dis-je, et une épée ne me servirait de rien pour ce que je veux !…

– Si du moins tu étais d'une certaine force au pistolet ?

– Es-tu fou ? que ferais-je d'un pistolet pour couper le nez d'un insolent ? Je… Oui, c'est décidé ! va le trouver, arrange tout pour demain ! nous nous battrons au sabre !

– Mais, malheureux ! que feras-tu d'un sabre ? Je ne doute pas de ton cœur, mais je puis dire sans t'offenser que tu n'es pas de la force de Pons.

– Qu'importe ! lève-toi, et va lui dire qu'il tienne son nez à ma disposition pour demain matin !

Le sage Ahmed comprit que la logique aurait tort, et qu'il raisonnait en pure perte. À quoi bon prêcher un sourd qui tenait à son idée comme le pape au temporel ? Il s'habilla donc, prit avec lui le premier drogman, Osman-Bey, qui rentrait du cercle Impérial, et se fit conduire à l'hôtel de maître L'Ambert. L'heure était parfaitement indue ; mais Ayvaz ne voulait pas qu'on perdît un seul moment.

Le dieu des batailles ne le voulait pas non plus ; au moins tout me porte à le croire. Dans l'instant que le premier secrétaire allait sonner chez maître L'Ambert, il rencontra l'ennemi en personne, qui revenait à pied en causant avec ses deux témoins.

Maître L'Ambert vit les bonnets rouges, comprit, salua et prit la parole avec une certaine hauteur qui n'était pas tout à fait sans grâce.

– Messieurs, dit-il aux arrivants, comme je suis le seul habitant de cet hôtel, j'ai lieu de croire que vous me faisiez l'honneur de venir chez moi. Je suis M. L'Ambert ; permettez-moi de vous introduire.

Il sonna, poussa la porte, traversa la cour avec ses quatre visiteurs nocturnes et les conduisit jusque dans son cabinet de travail. Là, les deux Turcs déclinèrent leurs noms, le notaire leur présenta ses deux amis et laissa les parties en présence.

Un duel ne peut avoir lieu dans notre pays que par la volonté ou tout au moins le consentement de six personnes. Or, il y en avait cinq qui ne souhaitaient nullement celui-ci. Maître L'Ambert était brave ; mais il n'ignorait pas qu'un éclat de cette sorte, à propos d'une petite danseuse de l'Opéra, compromettrait gravement son étude. Le marquis de Villemaurin, vieux raffiné des plus compétents en matière de point d'honneur, disait que le duel est un jeu noble, où tout, depuis le commencement jusqu'à la fin de la partie, doit être correct. Or, un coup de poing dans le nez pour une demoiselle Victorine Tompain était la plus ridicule entrée de jeu qu'on pût imaginer. Il affirmait, d'ailleurs, sous la responsabilité de son honneur, que M. Alfred L'Ambert n'avait pas vu Ayvaz-Bey, qu'il n'avait voulu frapper ni lui ni personne. M. L'Ambert avait cru reconnaître deux dames, et s'était approché vivement pour les saluer.

En portant la main à son chapeau, il avait heurté violemment, mais sans aucune intention, une personne qui accourait en sens inverse. C'était un pur accident, une maladresse au pis aller ; mais on ne rend pas raison d'un accident, ni même d'une maladresse. Le rang et l'éducation de M. L'Ambert ne permettaient à personne de supposer qu'il fût capable de donner un coup de poing à Ayvaz-Bey. Sa myopie bien connue et la demi-obscurité du passage avaient fait tout le mal. Enfin, M. L'Ambert, d'après le conseil de ses témoins, était tout prêt à déclarer, devant Ayvaz-Bey, qu'il regrettait de l'avoir heurté par accident.

Ce raisonnement, assez juste en lui-même, empruntait un surcroît d'autorité à la personne de l'orateur. M. de Villemaurin était un de ces gentilshommes qui semblent avoir été oubliés par la mort pour rappeler les âges historiques à notre temps dégénéré. Son acte de naissance ne lui donnait que soixante-dix-neuf ans ; mais, par les habitudes de l'esprit et du corps, il appartenait au xvie siècle. Il pensait, parlait et agissait en homme qui a servi dans l'armée de la Ligue et taillé des croupières au Béarnais. Royaliste convaincu, catholique austère, il apportait dans ses haines et dans ses amitiés une passion qui outrait tout. Son courage, sa loyauté, sa droiture et même un certain degré de folie chevaleresque, le donnaient en admiration à la jeunesse inconsistante d'aujourd'hui. Il ne riait de rien, comprenait mal la plaisanterie et se blessait d'un bon mot comme d'un manque de respect. C'était le moins tolérant, le moins aimable et le plus honorable des vieillards. Il avait accompagné Charles X en Écosse après les journées de juillet ; mais il quitta Holy-Rood au bout de quinze jours de résidence, scandalisé de voir que la cour de France ne prenait pas le malheur au sérieux. Il donna alors sa démission et coupa pour toujours ses moustaches, qu'il conserva dans une sorte d'écrin avec cette inscription : Mes moustaches de la garde royale. Ses subordonnés, officiers et soldats, l'avaient en grande estime et en grande terreur. On se racontait à l'oreille que cet homme inflexible avait mis au cachot son fils unique, jeune soldat de vingt-deux ans, pour un acte d'insubordination. L'enfant, digne fils d'un tel père, refusa obstinément de céder, tomba malade au cachot, et mourut. Ce Brutus pleura son fils, lui éleva un tombeau convenable et le visita régulièrement deux fois par semaine sans oublier ce devoir en aucun temps ni à aucun âge ; mais il ne se courba point sous le fardeau de ses remords. Il marchait droit, avec une certaine roideur ; ni l'âge ni la douleur n'avaient voûté ses larges épaules.

C'était un petit homme trapu, vigoureux, fidèle à tous les exercices de sa jeunesse ; il comptait sur le jeu de paume bien plus que sur le médecin pour entretenir sa verte santé. À soixante et dix ans, il avait épousé en secondes noces une jeune fille noble et pauvre. Il en avait eu deux enfants, et il ne désespérait pas de se voir bientôt grand-père. L'amour de la vie, si puissant sur les vieillards de cet âge, le préoccupait médiocrement, quoiqu'il fût heureux ici-bas. Il avait eu sa dernière affaire à soixante et douze ans, avec un beau colonel de cinq pieds six pouces : histoire de politique selon les uns, de jalousie conjugale selon d'autres. Lorsqu'un homme de ce rang et de ce caractère prenait fait et cause pour M. L'Ambert, lorsqu'il déclarait qu'un duel entre le notaire et Ayvaz-Bey serait inutile, compromettant et bourgeois, la paix semblait être signée d'avance.

Tel fut l'avis de M. Henri Steimbourg, qui n'était ni assez jeune, ni assez curieux pour vouloir à tout prix le spectacle d'une affaire ; et les deux Turcs, hommes de sens, acceptèrent un instant la réparation qu'on leur offrait. Ils demandèrent toutefois à conférer avec Ayvaz, et l'ennemi les attendit sur pied tandis qu'ils couraient à l'ambassade. Il était quatre heures du matin ; mais le marquis ne dormait plus guère que par acquit de conscience, et il avait à cœur de décider quelque chose avant de se mettre au lit.

Mais le terrible Ayvaz, aux premiers mots de conciliation que ses amis lui firent entendre, se mit dans une colère turque.

– Suis-je un fou ? s'écria-t-il en brandissant le chibouk de jasmin qui lui avait tenu compagnie. Prétend-on me persuader que c'est moi qui ai donné un coup de nez dans le poing de M. L'Ambert ? Il m'a frappé, et la preuve, c'est qu'il offre de me faire des excuses. Mais qu'est-ce que les paroles, quand il y a du sang répandu ? Puis-je oublier que Victorine et sa mère ont été témoins de ma honte ?… Ô mes amis, il ne me reste plus qu'à mourir si je ne coupe aujourd'hui le nez de l'offenseur !

Bon gré, mal gré, il fallut reprendre les négociations sur cette base un peu ridicule. Ahmed et le drogman avaient l'esprit assez raisonnable pour blâmer leur ami, mais le cœur trop chevaleresque pour l'abandonner en chemin. Si l'ambassadeur, Hamza-Pacha, se fût trouvé à Paris, il eût sans doute arrêté l'affaire par quelque coup d'autorité. Malheureusement, il cumulait les deux ambassades de France et d'Angleterre, et il était à Londres. Les témoins du bon Ayvaz firent la navette jusqu'à sept heures du matin entre la rue de Grenelle et la rue de Verneuil sans avancer notablement les choses. À sept heures, M. L'Ambert perdit patience et dit à ses témoins :

– Ce Turc m'ennuie. Il ne lui suffit pas de m'avoir soufflé la petite Tompain ; monsieur trouve plaisant de me faire passer une nuit blanche ! Eh bien, marchons ! Il pourrait croire à la fin que j'ai peur de m'aligner avec lui. Mais faisons vite, s'il vous plaît, et tâchons de bâcler l'affaire ce matin. Je fais atteler en dix minutes, nous allons à deux lieues de Paris ; je corrige mon Turc en un tour de main et je rentre à l'étude, avant que les petits journaux de scandale aient eu vent de notre histoire !

Le marquis essaya encore une ou deux objections ; mais il finit par avouer que M. L'Ambert avait la main forcée. L'insistance d'Ayvaz-Bey était du dernier mauvais goût et méritait une leçon sévère. Personne ne doutait que le belliqueux notaire, si avantageusement connu dans les salles d'armes, ne fût le professeur choisi par la destinée pour enseigner la politesse française à cet Osmanli.

– Mon cher garçon, disait le vieux Villemaurin en frappant sur l'épaule de son client, notre position est excellente, puisque nous avons mis le bon droit de notre côté. Le reste à la grâce de Dieu ! L'événement n'est pas douteux ; vous avez le cœur solide et la main vive. Souvenez-vous seulement qu'on ne doit jamais tirer à fond ; car le duel est fait pour corriger les sots et non pour les détruire. Il n'y a que les maladroits qui tuent leur homme sous prétexte de lui apprendre à vivre.

Le choix des armes revenait de droit au bon Ayvaz ; mais le notaire et ses témoins firent la grimace en apprenant qu'il choisissait le sabre.

– C'est l'arme des soldats, disait le marquis, ou l'arme des bourgeois qui ne veulent pas se battre. Cependant va pour le sabre, si vous y tenez !

Les témoins d'Ayvaz-Bey déclarèrent qu'ils y tenaient beaucoup. On fit chercher deux lattes ou demi-espadons à la caserne du quai d'Orsay, et l'on prit rendez-vous pour dix heures au petit village de Parthenay, vieille route de Sceaux. Il était huit heures et demie.

Tous les parisiens connaissent ce joli groupe de deux cents maisons, dont les habitants sont plus riches, plus propres et plus instruits que le commun de nos villageois. Ils cultivent la terre en jardiniers et non en laboureurs, et le ban de leur commune ressemble, tous les printemps, à un petit paradis terrestre. Un champ de fraisiers fleuris s'étend en nappe argentée entre un champ de groseilliers et un champ de framboisiers. Des arpents tout entiers exhalent le parfum âcre du cassis, agréable à l'odorat des concierges. Paris achète en beaux louis d'or la récolte de Parthenay, et les braves paysans que vous voyez cheminer à pas lents, un arrosoir dans chaque main, sont de petits capitalistes.

Ils mangent de la viande deux fois par jour, méprisent la poule au pot et préfèrent le poulet à la broche. Ils payent le traitement d'un instituteur et d'un médecin communal, construisent sans emprunt une mairie et une église et votent pour mon spirituel ami le docteur Véron aux élections du corps législatif. Leurs filles sont jolies, si j'ai bonne mémoire. Le savant archéologue Cubaudet, archiviste de la sous-préfecture de Sceaux, assure que Parthenay est une colonie grecque et qu'il tire son nom du mot Parthénos, vierge ou jeune fille (c'est tout un chez les peuples polis). Mais cette discussion nous éloignerait du bon Ayvaz.

Il arriva le premier au rendez-vous, toujours colère. Comme il arpentait fièrement la place du village, en attendant l'ennemi ! Il cachait sous son manteau deux yatagans formidables, excellentes lames de Damas. Que dis-je, de Damas ? Deux lames japonaises, de celles qui coupent une barre de fer aussi facilement qu'une asperge, pourvu qu'elles soient emmanchées au bout d'un bon bras. Ahmed-Bey et le fidèle drogman suivaient leur ami et lui donnaient les avis les plus sages : attaquer prudemment, se découvrir le moins possible, rompre en sautant, enfin tout ce qu'on peut dire à un novice qui va sur le terrain sans avoir rien appris.

— Merci de vos conseils, répondait l'obstiné : il ne faut pas tant de façons pour couper le nez d'un notaire !

L'objet de sa vengeance lui apparut bientôt entre deux verres de lunettes, à la portière d'une voiture de maître. Mais M. L'Ambert ne descendit point ; il se contenta de saluer. Le marquis mit pied à terre et vint dire au grand Ahmed-Bey :

— Je connais un excellent terrain à vingt minutes d'ici ; soyez assez bon pour remonter en voiture avec vos amis et me suivre.

Les belligérants prirent un chemin de traverse et descendirent à un kilomètre des habitations.

– Messieurs, dit le marquis, nous pouvons gagner à pied le petit bois que vous voyez là-bas. Les cochers nous attendront ici. Nous avons oublié de prendre un chirurgien avec nous ; mais le valet de pied que j'ai laissé à Parthenay nous amènera le médecin du village.

Le cocher du Turc était un de ces maraudeurs parisiens qui circulent passé minuit, sous un numéro de contrebande. Ayvaz l'avait pris à la porte de mademoiselle Tompain, et il l'avait gardé jusqu'à Parthenay. Le vieux routier sourit finement lorsqu'il vit qu'on l'arrêtait en rase campagne et qu'il y avait des sabres sous les manteaux.

– Bonne chance, monsieur ! dit-il au brave Ayvaz. Oh ! vous ne risquez rien ; je porte bonheur à mes bourgeois. Encore l'an dernier, j'en ai ramené un qui avait couché son homme. Il m'a donné vingt-cinq francs de pourboire ; vrai, comme je vous le dis.

– Tu en auras cinquante, dit Ayvaz, si Dieu permet que je me venge à mon idée.

M. L'Ambert était d'une jolie force, mais trop connu dans les salles pour avoir jamais eu occasion de se battre. Au point de vue du terrain, il était aussi neuf qu'Ayvaz-Bey : aussi, quoiqu'il eût vaincu dans des assauts les maîtres et les prévôts de plusieurs régiments de cavalerie, il éprouvait une sourde trépidation qui n'était point de la peur, mais qui produisait des effets analogues. Sa conversation dans la voiture avait été brillante ; il avait montré à ses témoins une gaieté sincère et pourtant un peu fébrile. Il avait brûlé trois ou quatre cigares en route, sous prétexte de les fumer. Lorsque tout le monde mit pied à terre, il marcha d'un pas ferme, trop ferme peut-être. Au fond de l'âme, il était en proie à une certaine appréhension, toute virile et toute française : il se défiait de son système nerveux et craignait de ne point paraître assez brave.

Il semble que les facultés de l'âme se doublent dans les moments critiques de la vie. Ainsi, M. L'Ambert était sans doute fort occupé du petit drame où il allait jouer un rôle, et cependant les objets les plus insignifiants du monde extérieur, ceux qui l'auraient le moins frappé en temps ordinaire, attiraient et retenaient son attention par une puissance irrésistible. À ses yeux, la nature était éclairée d'une lumière nouvelle, plus nette, plus tranchante, plus crue que la lumière banale du soleil. Sa préoccupation soulignait pour ainsi dire tout ce qui tombait sous ses regards. Au détour du sentier, il aperçut un chat qui cheminait à petits pas entre deux rangs de groseilliers. C'était un chat comme on en voit beaucoup dans les villages : un long chat maigre, au poil blanc tacheté de roux, un de ces animaux demi-sauvages que le maître nourrit généreusement de toutes les souris qu'ils savent prendre. Celui-là jugeait sans doute que la maison n'était pas assez giboyeuse et cherchait en plein champ un supplément de pitance. Les yeux de maître L'Ambert, après avoir erré quelque temps à l'aventure, se sentirent attirés et comme fascinés par la grimace de ce chat. Il l'observa attentivement, admira la souplesse de ses muscles, le dessin vigoureux de ses mâchoires, et crut faire une découverte de naturaliste en remarquant que le chat est un tigre en miniature.

– Que diable regardez-vous là ? demanda le marquis en lui frappant sur l'épaule.

Il revint aussitôt à lui, et répondit du ton le plus dégagé :

– Cette sale bête m'a donné une distraction. Vous ne sauriez croire, monsieur le marquis, le dégât que ces coquins nous font dans une chasse. Ils mangent plus de couvées que nous ne tirons de perdreaux. Si j'avais un fusil ! …

Et, joignant le geste à la parole, il coucha l'animal en joue en le désignant du doigt. Le chat saisit l'intention, fit une chute en arrière et disparut.

On le revit deux cents pas plus loin. Il se faisait la barbe au milieu d'une pièce de colza et semblait attendre les Parisiens.

– Est-ce que tu nous suis ? demanda le notaire en répétant sa menace.

La bête prudentissime s'enfuit de nouveau ; mais elle reparut à l'entrée de la clairière où l'on devait se battre. M. L'Ambert, superstitieux comme un joueur qui va entamer une grosse partie, voulut chasser ce fétiche malfaisant. Il lui lança un caillou sans l'atteindre. Le chat grimpa sur un arbre et s'y tint coi.

Déjà les témoins avaient choisi le terrain et tiré les places au sort. La meilleure échu à M. L'Ambert. Le sort voulut aussi qu'on se servît de ses armes et non des yatagans japonais, qui l'auraient peut-être embarrassé.

Ayvaz ne s'embarrassait de rien. Tout sabre lui était bon. Il regardait le nez de son ennemi comme un pêcheur regarde une belle truite suspendue au bout de sa ligne. Il se dépouilla prestement de tous les habits qui n'étaient pas indispensables, jeta sur l'herbe sa calotte rouge et sa redingote verte et retroussa les manches de sa chemise jusqu'au coude. Il faut croire que les Turcs les plus endormis se réveillent au cliquetis des armes. Ce gros garçon, dont la physionomie n'avait rien que de paterne, apparut comme transfiguré. Sa figure s'éclaira, ses yeux lancèrent la flamme. Il prit un sabre des mains du marquis, recula de deux pas et entonna en langue turque une improvisation poétique que son ami Osman-Bey a bien voulu nous conserver et nous traduire :

– Je me suis armé pour le combat ; malheur au giaour qui m'offense ! Le sang se paye avec du sang. Tu m'as frappé de la main ; moi, Ayvaz, fils de Ruchdi, je te frapperai du sabre. Ton visage mutilé fera rire les belles femmes : Schlosser et Mercier, Thibert et Savile se détourneront avec mépris. Le parfum des roses d'Izmir sera perdu pour toi. Que Mahomet me donne la force, je ne demande le courage à personne. Hourra ! je me suis armé pour le combat.

Il dit, et se précipita sur son adversaire. L'attaqua-t-il en tierce ou en quarte, je n'en sais rien, ni lui non plus, ni les témoins, ni M. L'Ambert. Mais un flot de sang jaillit au bout du sabre, une paire de lunettes glissa sur le sol, et le notaire sentit sa tête allégée par devant de tout le poids de son nez. Il en restait bien quelque chose, mais si peu, qu'en vérité je n'en parle que pour mémoire.

M. L'Ambert se jeta à la renverse et se releva presque aussitôt pour courir tête baissée, comme un aveugle ou comme un fou. Au même instant, un corps opaque tomba du haut d'un chêne. Une minute plus tard, on vit apparaître un petit homme fluet, le chapeau à la main, suivi d'un grand domestique en livrée. C'était M. Triquet, officier de santé de la commune de Parthenay.

Soyez le bienvenu, digne monsieur Triquet ! Un brillant notaire de Paris a grand besoin de vos services. Remettez votre vieux chapeau sur votre crâne dépouillé, essuyez les gouttes de sueur qui brillent sur vos pommettes rouges comme la rosée sur deux pivoines en fleur, et relevez au plus tôt les manches luisantes de votre respectable habit noir !

Mais le bonhomme était trop ému pour se mettre d'abord à l'ouvrage. Il parlait, parlait, parlait, d'une petite voix haletante et chevrotante.

– Bonté divine !... disait-il. Honneur à vous, messieurs ; votre serviteur très humble. Est-il Jésus permis de se mettre dans des états pareils ? C'est une mutilation ; je vois ce que c'est ! Décidément, il est trop tard pour apporter ici des paroles conciliantes ; le mal est accompli. Ah ! messieurs,

messieurs, la jeunesse sera toujours jeune. Moi aussi, j'ai failli me laisser emporter à détruire ou à mutiler mon semblable. C'était en 1820. Qu'ai-je fait, messieurs ? J'ai fait des excuses. Oui, des excuses, et je m'en honore ; d'autant plus que le bon droit était de mon côté. Vous n'avez donc jamais lu les belles pages de Rousseau contre le duel ? C'est irréfutable en vérité ; un morceau de chrestomathie littéraire et morale. Et notez bien que Rousseau n'a pas encore tout dit. S'il avait étudié le corps humain, ce chef-d'œuvre de la création, cette admirable image de Dieu sur la terre, il vous aurait montré qu'on est bien coupable de détruire un ensemble si parfait. Je ne dis pas cela pour la personne qui a porté le coup. À Dieu ne plaise ! Elle avait sans doute ses raisons, que je respecte. Mais si l'on savait quel mal nous nous donnons, pauvres médecins que nous sommes, pour guérir la moindre blessure ! Il est vrai que nous en vivons, ainsi que des maladies ; mais n'importe ! j'aimerais mieux me priver de bien des choses et vivre d'un morceau de lard sur du pain bis que d'assister aux souffrances de mon semblable.

Le marquis interrompit cette doléance.

– Ah çà ! docteur, s'écria-t-il, nous ne sommes pas ici pour philosopher. Voilà un homme qui saigne comme un bœuf. Il s'agit d'arrêter l'hémorrhagie.

– Oui, monsieur, reprit-il vivement, l'hémorrhagie ! C'est le mot propre. Heureusement, j'ai tout prévu. Voici un flacon d'eau hémostatique. C'est la préparation de Brocchieri ; je la préfère à la recette de Léchelle.

Il se dirigea, le flacon à la main, vers M. L'Ambert, qui s'était assis au pied d'un arbre et saignait mélancoliquement.

– Monsieur, lui dit-il avec une grande révérence, croyez que je regrette sincèrement de n'avoir pas eu l'honneur de vous connaître à l'occasion d'un événement moins regrettable.

Maître L'Ambert releva la tête et lui dit d'une voix dolente :

– Docteur, est-ce que je perdrai le nez ?

– Non, monsieur, vous ne le perdrez pas. Hélas ! vous n'avez plus à le perdre, très honoré monsieur : vous l'avez perdu.

Tout en parlant, il versait l'eau de Brocchieri sur une compresse.

– Ciel ! cria-t-il, monsieur, il me vient une idée. Je puis vous rendre l'organe si utile et si agréable que vous avez perdu.

– Parlez, que diable ! ma fortune est à vous ! Ah ! docteur ! plutôt que de vivre défiguré, j'aimerais mieux mourir.

– On dit cela… mais, voyons ! où est le morceau qu'on vous a coupé ? Je ne suis pas un champion de la force de M. Velpeau ou de M. Huguier ; mais j'essayerai de raccommoder les choses par première intention.

Maître L'Ambert se leva précipitamment et courut au champ de bataille. Le marquis et M. Steimbourg le suivirent ; les Turcs, qui se promenaient ensemble assez tristement (car le feu d'Ayvaz-Bey s'était éteint en une seconde), se rapprochèrent de leurs anciens ennemis. On retrouva sans peine la place où les combattants avaient foulé l'herbe nouvelle ; on retrouva les lunettes d'or ; mais le nez du notaire n'y était plus. En revanche, on vit un chat, l'horrible chat blanc et jaune, qui léchait avec sensualité ses lèvres sanglantes.

– Jour de Dieu ! s'écria le marquis en désignant la bête.

Tout le monde comprit le geste et l'exclamation.

– Serait-il encore temps ? demanda le notaire.

– Peut-être, dit le médecin.

Et de courir. Mais le chat n'était pas d'humeur à se laisser prendre. Il courut aussi.

Jamais le petit bois de Parthenay n'avait vu, jamais sans doute il ne reverra chasse pareille. Un marquis, un agent de change, trois diplomates, un médecin de village, un valet de pied en grande livrée et un notaire saignant dans son mouchoir se lancèrent éperdument à la poursuite d'un maigre chat. Courant, criant, lançant des pierres, des branches mortes et tout ce qui leur tombait sous la main, ils traversaient les chemins et les clairières et s'enfonçaient tête baissée dans les fourrés les plus épais. Tantôt groupés ensemble et tantôt dispersés, quelquefois échelonnés sur une ligne droite, quelquefois rangés en rond autour de l'ennemi ; battant les buissons, secouant les arbustes, grimpant aux arbres, déchirant leurs brodequins à toutes les souches et leurs habits à tous les buissons, ils allaient comme une tempête ; mais le chat infernal était plus rapide que le vent. Deux fois on sut l'enfermer dans un cercle ; deux fois il força l'enceinte et prit du champ. Un instant il parut dompté par la fatigue ou la douleur. Il était tombé sur le flanc, en voulant sauter d'un arbre à l'autre et suivre le chemin des écureuils. Le valet de M. L'Ambert courut sur lui à fond de train, l'atteignit en quelques bonds et le saisit par la queue. Mais le tigre en miniature conquit sa liberté d'un coup de griffe et s'élança hors du bois.

On le poursuivit en plaine. Longue, longue était déjà la route parcourue ; immense était la plaine, qui se découpait en échiquier devant les chasseurs et leur proie.

La chaleur du jour était pesante ; de gros nuages noirs s'amoncelaient à l'occident ; la sueur ruisselait sur tous les visages ; mais rien n'arrêta l'emportement de ces huit hommes.

M. L'Ambert, tout sanglant, animait ses compagnons de la voix et du geste. Ceux qui n'ont jamais vu un notaire à la poursuite de son nez ne pourront se faire une juste idée de son ardeur. Adieu fraises et framboises ! adieu groseilles et cassis ! Partout où l'avalanche avait passé, l'espoir de la récolte était foulé, détruit, mis à néant ; ce n'était plus que fleurs écrasées, bourgeons arrachés, branches cassées, tiges foulées aux pieds. Les villageois, surpris par l'invasion de ce fléau inconnu, jetaient les arrosoirs, appelaient leurs voisins, criaient au garde champêtre, réclamaient le prix du dégât et donnaient la chasse aux chasseurs.

Victoire ! le chat est prisonnier. Il s'est jeté dans un puits. Des seaux ! des cordes ! des échelles ! On est sûr que le nez de maître Lambert se retrouvera intact, ou à peu près. Mais, hélas ! ce puits n'est pas un puits comme les autres. C'est l'ouverture d'une carrière abandonnée, dont les galeries forment en tout sens un réseau de plus de dix lieues et se relient aux catacombes de Paris !

On paye les soins de M. Triquet ; on paye aux villageois toutes les indemnités qu'ils réclament, et l'on reprend, sous une grosse pluie d'orage, le chemin de Parthenay

Avant de monter en voiture, Ayvaz-Bey, mouillé comme un canard et tout à fait calmé, vint tendre la main à M. L'Ambert.

– Monsieur, lui dit-il, je regrette sincèrement que mon obstination ait poussé les choses si loin. La petite Tompain ne vaut pas une seule goutte du sang qui a coulé pour elle, et je lui enverrai son congé dès aujourd'hui ; car je ne saurais plus la voir sans penser au malheur qu'elle a causé. Vous êtes témoin que j'ai fait tous mes efforts, avec ces messieurs, pour vous rendre ce que vous aviez perdu. Maintenant, permettez-moi d'espérer encore que cet accident ne sera pas irréparable. Le médecin du village nous a rappelé qu'il y avait à Paris des praticiens plus habiles que lui ; je crois avoir entendu dire que la chirurgie moderne avait des secrets infaillibles pour restaurer les parties mutilées ou détruites.

M. L'Ambert accepta d'assez mauvaise grâce la main loyale qu'on lui tendait, et se fit ramener au faubourg Saint-Germain avec ses deux amis.

III
OÙ LE NOTAIRE DÉFEND SA PEAU AVEC PLUS DE SUCCÈS

Un homme heureux sans restriction, c'était le cocher d'Ayvaz-Bey. Ce vieux gamin de Paris fut peut-être moins sensible au pourboire de cinquante francs qu'au plaisir d'avoir conduit son bourgeois à la victoire.

– Excusez ! dit-il au bon Ayvaz, voilà comme vous arrangez les personnes ? C'est bon à savoir. Si jamais je vous marche sur le pied, je me dépêcherai de vous demander pardon. Ce pauvre monsieur serait bien embarrassé de prendre une prise. Allons, allons ! si on soutient encore devant moi que les Turcs sont des empotés, j'aurai de quoi répondre. Quand je vous le disais, que je vous porterais bonheur ! Eh bien, mon prince, je connais un vieux de chez Brion que c'est tout le contraire. Il porte la guigne à ses voyageurs. Autant il en mène sur le terrain, autant de flambés… Hue, cocotte ! en route pour la gloire ! les chevaux du Carrousel ne sont pas tes cousins aujourd'hui !

Ces lazzi tant soit peu cruels ne parvinrent pas à dérider les trois Turcs, et le cocher n'amusa que lui-même.

Dans une voiture infiniment plus brillante et mieux attelée, le notaire se lamentait en présence de ses deux amis.

– C'en est fait, disait-il, je suis l'équivalent d'un homme mort ; il ne me reste plus qu'à me brûler la cervelle. Je ne saurais plus aller dans le monde, ni à l'Opéra, ni dans aucun théâtre. Voulez-vous que j'étale aux yeux de l'univers une figure grotesque et lamentable, qui excitera le rire chez les uns et la pitié chez les autres ?

– Bah ! répondit le marquis, le monde se fait à tout. Et, d'ailleurs, au pis aller, si l'on a peur du monde, on reste chez soi.

– Rester chez moi, le bel avenir ! Pensez-vous donc que les femmes viendront me relancer à domicile, dans le bel état où je suis ?

– Vous vous marierez ! J'ai connu un lieutenant de cuirassiers qui avait perdu un bras, une jambe et un œil. Il n'était pas la coqueluche des femmes, d'accord ; mais il épousa une brave fille, ni laide ni jolie, qui l'aima de tout son cœur et le rendit parfaitement heureux.

M. L'Ambert trouva sans doute que cette perspective n'était pas des plus consolantes, car il s'écria d'un ton de désespoir :

– Ô les femmes ! les femmes ! les femmes !

– Jour de Dieu ! reprit le marquis, comme vous avez la girouette tournée au féminin ! Mais les femmes ne sont pas tout ; il y a autre chose en ce monde. On fait son salut, que diable ! On amende son âme, on cultive son esprit, on rend service au prochain, on remplit les devoirs de son état. Il n'est pas nécessaire d'avoir un si long nez pour être bon chrétien, bon citoyen et bon notaire !

– Notaire ! reprit-il avec une amertume peu déguisée, notaire ! En effet, je suis encore cela. Hier, j'étais un homme ; un homme du monde, un gentleman, et même, je puis le dire sans fausse modestie, un cavalier assez apprécié dans la meilleure compagnie. Aujourd'hui, je ne suis plus qu'un notaire. Et qui sait si je le serai demain ? Il ne faut qu'une indiscrétion de valet pour ébruiter cette sotte affaire. Qu'un journal en dise deux mots, le parquet est forcé de poursuivre mon adversaire, et ses témoins, et vous-mêmes, messieurs. Nous voyez-vous en police correctionnelle, racontant au tribunal où et pourquoi j'ai poursuivi mademoiselle Victorine Tompain ! Supposez un tel scandale et dites si le notaire y survivrait.

– Mon cher garçon, répondit le marquis, vous vous effrayez de dangers imaginaires. Les gens de notre monde, et vous en êtes un peu, ont le droit de se couper la gorge impunément. Le ministère public ferme les yeux sur nos querelles, et c'est justice. Je comprends qu'on inquiète un peu les journalistes, les artistes et autres individus de condition inférieure lorsqu'ils se permettent de toucher une épée : il convient de rappeler à ces gens-là qu'ils ont des poings pour se battre, et que cette arme suffit parfaitement à venger l'espèce d'honneur qu'ils ont. Mais qu'un gentilhomme se conduise en gentilhomme, le parquet n'a rien à dire et ne dit rien. J'ai eu quinze ou vingt affaires depuis que j'ai quitté le service, et quelques-unes assez malheureuses pour mes adversaires. Avez-vous jamais lu mon nom dans la Gazette des Tribunaux ?

M. Steimbourg était moins lié avec M. L'Ambert que le marquis de Villemaurin ; il n'avait pas, comme lui, tous ses titres de propriété dans l'étude de la rue de Verneuil depuis quatre ou cinq générations. Il ne connaissait guère ces deux messieurs que par le cercle et la partie de whist ; peut-être aussi par quelques courtages que le notaire lui avait fait gagner. Mais il était bon garçon et homme de sens ; il fit donc à son tour quelque dépense de paroles pour raisonner et consoler ce malheureux. À son gré, M. de Villemaurin mettait les choses au pis ; il y avait plus de ressource. Dire que M. L'Ambert resterait défiguré toute sa vie, c'était désespérer trop tôt de la science.

– À quoi nous servirait-il d'être nés au xixe siècle, si le moindre accident devait être, comme autrefois, un malheur irréparable ? Quelle supériorité aurions-nous sur les hommes de l'âge d'or ? Ne blasphémons pas le saint nom du progrès. La chirurgie opératoire est, grâce à Dieu, plus florissante que jamais dans la patrie d'Ambroise Paré. Le bonhomme de Parthenay nous a cité quelques-uns des maîtres qui raccommodent victorieusement le corps humain. Nous voici aux portes de Paris, nous enverrons à la plus prochaine pharmacie, on nous y donnera l'adresse de Velpeau ou d'Huguier ; votre valet de pied courra chez le grand homme et l'amènera chez vous. Je suis sûr d'avoir entendu dire que les chirurgiens refaisaient une lèvre, une paupière, un bout d'oreille : est-il donc plus difficile de restaurer un bout de nez ?

Cette espérance était bien vague ; elle ranima pourtant le pauvre notaire, qui, depuis une demi-heure, ne saignait plus. L'idée de redevenir ce qu'il était et de reprendre le cours de sa vie, le jetait dans une sorte de délire. Tant il est vrai qu'on n'apprécie le bonheur d'être complet que lorsqu'on l'a perdu.

– Ah ! mes amis, s'écriait-il en tordant ses mains l'une dans l'autre, ma fortune appartient à l'homme qui me guérira ! Quels que soient les tourments qu'il me faudra endurer, j'y souscris de grand cœur si l'on m'assure du succès ; je ne regarderai pas plus à la souffrance qu'à la dépense !

C'est dans ces sentiments qu'il regagna la rue de Verneuil, tandis que son valet de pied cherchait l'adresse des chirurgiens célèbres. Le marquis et M. Steimbourg le ramenèrent jusque dans sa chambre et prirent congé de lui, l'un pour aller rassurer sa femme et ses filles, qu'il n'avait pas vues depuis la veille au soir, l'autre pour courir à la Bourse.

Seul avec lui-même, en face d'un grand miroir de Venise qui lui renvoyait sans pitié sa nouvelle image, Alfred L'Ambert tomba dans un accablement profond. Cet homme fort, qui ne pleurait jamais au théâtre parce que c'est peuple, ce gentleman au front d'airain qui avait enterré son père et sa mère avec la plus sereine impassibilité, pleura sur la mutilation de sa jolie personne et se baigna de larmes égoïstes.

Son valet de pied fit diversion à cette douleur amère en lui promettant la visite de M. Bernier, chirurgien de l'Hôtel-Dieu, membre de la Société de chirurgie et de l'Académie de médecine, professeur de clinique, etc., etc. Le domestique avait couru au plus près, rue du Bac, et il n'était pas mal tombé : M. Bernier, s'il ne va point de pair avec les Velpeau, les Manec et les Huguier, occupe immédiatement au-dessous d'eux un rang très honorable.

– Qu'il vienne ! s'écria M. L'Ambert. Pourquoi n'est-il pas encore ici ?

Croit-il donc que je sois fait pour attendre ?

Il se reprit à pleurer de plus belle. Pleurer devant ses gens ! Se peut-il qu'un simple coup de sabre modifie à tel point les mœurs d'un homme ? Assurément, il fallait que l'arme du bon Ayvaz, en tranchant le canal nasal, eût ébranlé le sac lacrymal et les tubercules eux-mêmes.

Le notaire sécha ses yeux pour regarder un fort volume in-12, qu'on apportait en grande hâte de la part de M. Steimbourg. C'était la Chirurgie opératoire de Ringuet, manuel excellent et enrichi d'environ trois cents gravures. M. Steimbourg avait acheté le livre en allant à la Bourse, et il l'envoyait à son client, pour le rassurer sans doute. Mais l'effet de cette lecture fut tout autre qu'on ne l'espérait. Quand le notaire eut feuilleté deux cents pages, quand il eut vu défiler sous ses yeux la série lamentable des ligatures, des amputations, des résections et des cautérisations, il laissa tomber le livre et se jeta dans un fauteuil en fermant les yeux. Il fermait les yeux et pourtant il voyait des peaux incisées, des muscles écartés par des érignes, des membres disséqués à grands coups de couteau, des os sciés par les mains d'opérateurs invisibles. La figure des patients lui apparaissait, telle qu'on la voit dans les dessins d'anatomie, calme, stoïque, indifférente à la douleur, et il se demandait si une telle dose de courage avait jamais pu entrer dans des âmes humaines. Il revoyait surtout le petit chirurgien de la page 89, tout de noir habillé, avec un collet de velours à son habit. Cet être fantastique a la tête ronde, un peu forte, le front dégarni : sa physionomie est sérieuse ; il scie attentivement les deux os d'une jambe vivante.

– Monstre ! s'écria M. L'Ambert

Au même instant, il vit entrer le monstre en personne et l'on annonça M. Bernier.

Le notaire s'enfuit à reculons jusque dans l'angle le plus obscur de sa chambre, ouvrant des yeux hagards et tendant les mains en avant comme pour écarter un ennemi. Ses dents claquaient ; il murmurait d'une voix étouffée, comme dans les romans de M. Xavier de Montépin, le mot :

– Lui ! lui ! lui !

– Monsieur, dit le docteur, je regrette de vous avoir fait attendre, et je vous supplie de vous calmer. Je sais l'accident qui vous est arrivé, et je ne crois pas que le mal soit sans remède. Mais nous ne ferons rien de bon si vous avez peur de moi.

Peur est un mot qui sonne désagréablement aux oreilles françaises. M. L'Ambert frappa du pied, marcha droit au docteur et lui dit avec un petit rire trop nerveux pour être naturel :

– Parbleu ! docteur, vous me la baillez belle. Est-ce que j'ai l'air d'un homme qui a peur ? Si j'étais un poltron, je ne me serais pas fait décompléter ce matin d'une si étrange manière. Mais, en vous attendant, je feuilletais un livre de chirurgie. Je viens tout justement d'y voir une figure qui vous ressemble, et vous m'êtes un peu apparu comme un revenant. Ajoutez à cette surprise les émotions de la matinée, peut-être même un léger mouvement de fièvre, et vous excuserez ce qu'il y a d'étrange dans mon accueil.

– À la bonne heure ! dit M. Bernier en ramassant le livre. Ah ! vous lisiez Ringuet ! C'est un de mes amis. Je me rappelle, en effet, qu'il m'a fait graver tout vif, d'après un croquis de Léveillé. Mais asseyez-vous, je vous en prie.

Le notaire se remit un peu et raconta les événements de la journée, sans oublier l'épisode du chat qui lui avait, pour ainsi dire, fait perdre le nez une seconde fois.

– C'est un malheur, dit le chirurgien ; mais on peut le réparer en un mois. Puisque vous avez le petit livre de Ringuet, vous n'êtes pas sans quelque notion de la chirurgie ?

M. L'Ambert avoua qu'il n'était point allé jusqu'à ce chapitre-là.

– Eh bien, reprit M. Bernier, je vais vous le résumer en quatre mots. La rhinoplastie est l'art de refaire un nez aux imprudents qui l'ont perdu.

– Il est donc vrai, docteur !… le miracle est possible ?… la chirurgie a trouvé une méthode pour… ?

– Elle en a trouvé trois. Mais j'écarte la méthode française, qui n'est point applicable au cas présent. Si la perte de substance était moins considérable, je pourrais décoller les bords de la plaie, les aviver, les mettre en contact et les réunir par première intention. Il n'y faut pas songer.

– Et j'en suis bien aise, reprit le blessé. Vous ne sauriez croire, docteur, à quel point ces mots de plaie décollée, avivée, me donnaient sur les nerfs. Passons à des moyens plus doux, je vous en prie !

– Les chirurgiens procèdent rarement par la douceur. Mais, enfin, vous avez le choix entre la méthode indienne et la méthode italienne. La première consiste à découper dans la peau de votre front une sorte de triangle, la pointe en bas, la base en haut. C'est l'étoffe du nouveau nez. On décolle ce lambeau dans toute son étendue, sauf le pédicule inférieur qui doit rester adhérent. On le tord sur lui-même de façon à laisser l'épiderme en dehors, et on le coud par ses bords aux limites correspondantes de la plaie. En autres termes, je puis vous refaire un nez assez présentable aux dépens de votre front. Le succès de l'opération est presque sûr ; mais le front gardera toujours une large cicatrice.

– Je ne veux point de cicatrice, docteur. Je n'en veux à aucun prix.

J'ajoute même (passez-moi cette faiblesse) que je ne voudrais point d'opération. J'en ai déjà subi une aujourd'hui, par les mains de ce maudit Turc ; je n'en souhaite pas d'autre. Au simple souvenir de cette sensation, mon sang se glace. J'ai pourtant du courage autant qu'homme du monde ; mais j'ai des nerfs aussi. Je ne crains pas la mort ; j'ai horreur de la souffrance. Tuez-moi si vous voulez ; mais, pour Dieu ! ne m'entaillez plus !

– Monsieur, reprit le docteur avec un peu d'ironie, si vous avez un tel parti pris contre les opérations, il fallait appeler non pas un chirurgien, mais un homéopathe.

– Ne vous moquez pas de moi. Je n'ai pas su me maîtriser à l'idée de cette opération indienne. Les Indiens sont des sauvages ; leur chirurgie est digne d'eux. Ne m'avez-vous point parlé d'une méthode italienne ? Je n'aime pas les Italiens, en politique. C'est un peuple ingrat, qui a tenu la conduite la plus noire envers ses maîtres légitimes ; mais, en matière de science, je n'ai pas trop mauvaise idée de ces coquins-là.

– Soit. Optez donc pour la méthode italienne. Elle réussit quelquefois ; mais elle exige une patience et une immobilité dont vous ne serez peut-être point capable.

– S'il ne faut que de la patience et de l'immobilité, je vous réponds de moi

– Êtes-vous homme à rester trente jours dans une position extrêmement gênante ?

– Oui.

– Le nez cousu au bras gauche ?

– Oui.

— Eh bien, je vous taillerai sur le bras un lambeau triangulaire de quinze à seize centimètres de longueur sur dix ou onze de largeur ; je…

— Vous me taillerez cela, à moi ?

— Sans doute.

— Mais c'est horrible, docteur ! m'écorcher vif ! tailler des lanières dans la peau d'un homme vivant ! c'est barbare, c'est moyen âge, c'est digne de Shylock, le juif de Venise !

— La plaie du bras n'est rien. Le difficile est de rester cousu à vous-même pendant une trentaine de jours.

— Et moi, je ne redoute absolument que le coup de scalpel. Lorsqu'on a senti le froid du fer entrant dans la chair vivante, on en a pour le reste de ses jours, mon cher docteur ; on n'y revient plus.

— Cela étant, monsieur, je n'ai rien à faire ici, et vous resterez sans nez toute la vie.

Cette espèce de condamnation plongea le pauvre notaire dans une consternation profonde. Il arrachait ses beaux cheveux blonds et se démenait comme un fou par la chambre.

— Mutilé ! disait-il en pleurant ; mutilé pour toujours ! Et rien ne peut remédier à mon sort ! S'il y avait quelque drogue, quelque topique mystérieux dont la vertu rendît le nez à ceux qui l'ont perdu, je l'achèterais au poids de l'or ! Je l'enverrais chercher jusqu'au bout du monde ! Oui, j'armerais un vaisseau, s'il le fallait absolument. Mais rien ! À quoi me sert-il d'être riche ? À quoi vous sert-il d'être un praticien illustre, puisque toute votre habileté et tous mes sacrifices aboutissent à ce stupide néant ? Richesse, science, vains mots !

M. Bernier lui répondait de temps à autre, avec un calme imperturbable :

– Laissez-moi vous tailler un lambeau sur le bras, et je vous refais le nez.

Un instant M. L'Ambert parut décidé. Il mit habit bas et releva la manche de sa chemise. Mais, quand il vit la trousse ouverte, quand l'acier poli de trente instruments de supplice étincela sous ses yeux, il pâlit, faiblit et tomba comme pâmé sur une chaise. Quelques gouttes d'eau vinaigrée lui rendirent le sentiment, mais non la résolution.

– Il n'y faut plus penser, dit-il en se rajustant. Notre génération a toutes les espèces de courage, mais elle est faible devant la douleur. C'est la faute de nos parents, qui nous ont élevés dans le coton.

Quelques minutes plus tard, ce jeune homme, imbu des principes les plus religieux, se prit à blasphémer la Providence.

– En vérité, s'écria-t-il, le monde est une belle pétaudière, et j'en fais compliment au Créateur ! J'ai deux cent mille francs de rente, et je resterai aussi camus qu'une tête de mort, tandis que mon portier, qui n'a pas dix écus devant lui, aura le nez de l'Apollon du Belvédère ! La Sagesse qui a prévu tant de choses, n'a pas prévu que j'aurais le nez coupé par un Turc pour avoir salué mademoiselle Victorine Tompain ! Il y a en France trois millions de gueux dont toute la personne ne vaut pas dix sous, et je ne peux pas acheter à prix d'or le nez d'un de ces misérables !… Mais, au fait, pourquoi pas ?

Sa figure s'illumina d'un rayon d'espérance, et il poursuivit d'un ton plus doux :

– Mon vieil oncle de Poitiers, dans sa dernière maladie, s'est fait injecter cent grammes de sang breton dans la veine médiane céphalique ! un fidèle serviteur avait fait les frais de l'expérience. Ma belle tante de Giromagny, du temps qu'elle était encore belle, fit arracher une incisive à sa plus jolie chambrière pour remplacer une dent qu'elle venait de perdre. Cette bouture prit fort bien, et ne coûta pas plus de trois louis. Docteur, vous m'avez dit que, sans la scélératesse de ce maudit chat, vous auriez pu recoudre mon nez tout chaud à la figure. Me l'avez-vous dit, oui ou non ?

– Sans doute, et je le dis encore.

– Eh bien, si j'achetais le nez de quelque pauvre diable, vous pourriez tout aussi bien le greffer au milieu de mon visage ?

– Je le pourrais…

– Bravo !

– Mais je ne le ferai point, et aucun de mes confrères ne le fera non plus que moi.

– Et pourquoi donc, s'il vous plaît ?

– Parce que mutiler un homme sain est un crime, le patient fût-il assez stupide ou assez affamé pour y consentir.

– En vérité, docteur, vous confondez toutes mes notions du juste et de l'injuste. Je me suis fait remplacer moyennant une centaine de louis par une espèce d'Alsacien, sous poil alezan brûlé. Mon homme (il était bien à moi) a eu la tête emportée par un boulet le 30 avril 1849. Comme le boulet en question m'était incontestablement destiné par le sort, je puis dire que l'Alsacien m'a vendu sa tête et toute sa personne pour cent louis, peut-être cent quarante. L'État a non seulement toléré, mais approuvé cette combinaison ; vous n'y trouvez rien à redire ; peut-être avez-vous acheté vous-même, au même prix, un homme entier, qui se sera fait tuer pour vous. Et quand j'offre de donner le double au premier coquin venu, pour un simple bout de nez, vous criez au scandale !

Le docteur s'arrêta un instant à chercher une réponse logique. Mais, n'ayant point trouvé ce qu'il voulait, il dit à maître L'Ambert :

— Si ma conscience ne me permet pas de défigurer un homme à votre profit, il me semble que je pourrais, sans crime, prélever sur le bras d'un malheureux les quelques centimètres carrés de peau qui vous manquent.

— Eh ! cher docteur, prenez-les où bon vous semblera, pourvu que vous répariez cet accident stupide ! Trouvons bien vite un homme de bonne volonté, et vive la méthode italienne !

— Je vous préviens encore une fois que vous serez tout un mois à la gêne.

— Eh ! que m'importe la gêne ! Je serai, dans un mois, au foyer de l'Opéra !

— Soit. Avez-vous un homme en vue ? Ce concierge dont vous parliez tout à l'heure ?...

— Très bien ! On l'achèterait avec sa femme et ses enfants pour cent écus. Lorsque Barbereau, mon ancien, s'est retiré je ne sais où pour vivre de ses rentes, un client m'a recommandé celui-là, qui mourait littéralement de faim.

M. L'Ambert sonna un valet de chambre et ordonna qu'on fît monter Singuet, le nouveau concierge.

L'homme accourut ; il poussa un cri d'effroi en voyant la figure de son maître.

C'était un vrai type du pauvre diable parisien, le plus pauvre de tous les diables : un petit homme de trente-cinq ans, à qui vous en auriez donné soixante, tant il était sec, jaune et rabougri.

M. Bernier l'examina sur toutes les coutures et le renvoya bientôt à sa loge.

– La peau de cet homme-là n'est bonne à rien, dit le docteur. Rappelez-vous que les jardiniers prennent leurs greffes sur les arbres les plus sains et les plus vigoureux. Choisissez-moi un gaillard solide parmi les gens de votre maison ; il y en a.

– Oui ; mais vous en parlez bien à votre aise. Les gens de ma maison sont tous des messieurs. Ils ont des capitaux, des valeurs en portefeuille ; ils spéculent sur la hausse et la baisse, comme tous les domestiques de bonne maison. Je n'en connais pas un qui voulût acheter, au prix de son sang, un métal qui se gagne si couramment à la Bourse.

– Mais peut-être en trouveriez-vous un qui, par dévouement…

– Du dévouement chez ces gens-là ? Vous vous moquez, docteur ! Nos pères avaient des serviteurs dévoués : nous n'avons plus que de méchants valets ; et, dans le fond, nous y gagnons peut-être. Nos pères, étant aimés de leurs gens, se croyaient obligés de les payer d'un tendre retour. Ils supportaient leurs défauts, les soignaient dans leurs maladies, les nourrissaient dans leur vieillesse ; c'était le diable. Moi, je paye mes gens pour faire leur service, et, quand le service ne se fait pas bien, je n'ai pas besoin d'examiner si c'est mauvais vouloir, vieillesse ou maladie ; je les chasse.

– Alors, nous ne trouverons pas chez vous l'homme qu'il nous faut. Avez-vous quelqu'un en vue ?

– Moi ? Personne. Mais tout est bon ; le premier venu, le commissionnaire du coin, le porteur d'eau que j'entends crier dans la rue !

Il tira ses lunettes de sa poche, écarta légèrement le rideau, lorgna dans la rue de Beaune, et dit au docteur :

– Voici un garçon qui n'a pas mauvaise mine. Ayez donc la bonté de lui faire un signe, car je n'ose pas montrer ma figure aux passants.

M. Bernier ouvrit la fenêtre au moment où la victime désignée criait à pleins poumons :

– Eau !… eau !… eau !…

– Mon garçon, lui dit le docteur, laissez là votre tonneau et montez ici par la rue de Verneuil ! Il y a de l'argent à gagner.

IV
CHÉBACHTIEN ROMAGNÉ

Il s'appelait Romagné, du nom de son père. Son parrain et sa marraine l'avaient baptisé Sébastien ; mais, comme il était natif de Frognac-lès-Mauriac, département du Cantal, il invoquait son patron sous le nom de chaint Chébachtien. Tout porte à croire qu'il aurait écrit son prénom par un Ch ; mais heureusement il ne savait pas écrire. Cet enfant de l'Auvergne était âgé de vingt-trois ou vingt-quatre ans, et bâti comme un hercule : grand, gros, trapu, ossu, corsu, haut en couleur ; fort comme un bœuf de labour, doux et facile à mener comme un petit agneau blanc. Imaginez la plus solide pâte d'homme, la plus grossière et la meilleure.

Il était l'aîné de dix enfants, garçons et filles, tous vivants, bien portants et grouillants sous le toit paternel. Son père avait une cabane, un bout de champ, quelques châtaigniers dans la montagne, une demi-douzaine de cochons, bon an mal an, et deux bras pour piocher la terre. La mère filait du chanvre, les petits garçons aidaient au père, les petites avaient soin du ménage et s'élevaient les unes les autres, l'aînée servant de bonne à la cadette et ainsi de suite jusqu'au bas de l'échelle.

Le jeune Sébastien ne brilla jamais par l'intelligence, ni par la mémoire, ni par aucun don de l'esprit ; mais il avait du cœur à revendre. On lui apprit quelques chapitres du catéchisme, comme on enseigne aux merles à siffler J'ai du bon tabac ; mais il eut et conserva toujours les sentiments les plus chrétiens. Jamais il n'abusa de sa force contre les gens ni contre les bêtes ; il évitait les querelles et recevait bien souvent des taloches sans les rendre. Si M. le sous-préfet de Mauriac avait voulu lui faire donner une médaille d'argent, il n'aurait eu qu'à écrire à Paris ; car Sébastien sauva plusieurs personnes au péril de sa vie, et notamment deux gendarmes qui se noyaient avec leurs chevaux dans le torrent de la Saumaise. Mais on trouvait ces choses-là toutes naturelles, attendu qu'il les faisait d'instinct, et l'on ne songeait pas plus à le récompenser que s'il eût été un chien de Terre-Neuve.

À l'âge de vingt ans, il satisfit à la loi et tira un bon numéro, grâce à une neuvaine qu'il avait faite en famille. Après quoi, il résolut de s'en aller à Paris, suivant les us et coutumes de l'Auvergne, pour gagner un peu d'argent blanc et venir en aide à ses père et mère. On lui donna un costume de velours et vingt francs, qui sont encore une somme dans l'arrondissement de Mauriac, et il profita de l'occasion d'un camarade qui savait le chemin de Paris. Il fit la route à pied, en dix jours, et arriva frais et dispos avec douze francs cinquante dans la poche et ses souliers neufs à la main.

Deux jours après, il roulait un tonneau dans le faubourg Saint-Germain en compagnie d'un autre camarade qui ne pouvait plus monter les escaliers parce qu'il s'était donné un effort. Il fut, pour prix de ses peines, logé, couché, nourri et blanchi à raison d'une chemise par mois, sans compter qu'on lui donnait trente sous par semaine pour faire le garçon. Sur ses économies, il acheta, au bout de l'année, un tonneau d'occasion et s'établit à son compte

Il réussit au delà de toute espérance. Sa politesse naïve, sa complaisance infatigable et sa probité bien connue lui concilièrent les bonnes grâces de tout le quartier. De deux mille marches d'escalier qu'il montait et descendait tout les jours, il s'éleva graduellement à sept mille. Aussi envoyait-il jusqu'à soixante francs par mois aux bonnes gens de Frognac. La famille bénissait son nom et le recommandait à Dieu soir et matin dans ses prières ; les petits garçons avaient des culottes neuves, et il ne s'agissait de rien moins que d'envoyer les deux derniers à l'école !

L'auteur de tous ces biens n'avait rien changé à sa manière de vivre ; il couchait à côté de son tonneau sous une remise, et renouvelait quatre fois par an la paille de son lit. Le costume de velours était plus rapiécé qu'un habit d'arlequin. En vérité, sa toilette eût coûté bien peu de chose sans les maudits souliers, qui usaient tous les mois un kilogramme de clous. Ses dépenses de table étaient les seules sur lesquelles il ne lésinât point. Il s'octroyait sans marchander quatre livres de pain par jour. Quelquefois même il régalait son estomac d'un morceau de fromage ou d'un oignon, ou d'une demi-douzaine de pommes achetées au tas sur le pont Neuf. Les dimanches et fêtes, il affrontait la soupe et le bœuf, et s'en léchait les doigts toute la semaine. Mais il était trop bon fils et trop bon frère pour s'aventurer jusqu'au verre de vin. « Le vin, l'amour et le tabac » étaient pour lui des denrées fabuleuses ; il ne les connaissait que de réputation. À plus forte raison ignorait-il les plaisirs du théâtre, si chers aux ouvriers de Paris. Mon gaillard aimait mieux se coucher gratis à sept heures que d'applaudir M. Dumaine pour dix sous

Tel était au physique et au moral l'homme que M. Bernier héla dans la rue de Beaune pour qu'il vînt prêter de sa peau à M. L'Ambert.

Les gens de la maison, avertis, l'introduisirent en hâte.

Il s'avança timidement, le chapeau à la main, levant les pieds aussi haut qu'il pouvait, et n'osant les reposer sur le tapis. L'orage du matin l'avait crotté jusqu'aux aisselles.

– Chi ch'est pour de l'eau, dit-il en saluant le docteur, je…

M. Bernier lui coupa la parole.

– Non, mon garçon : il ne s'agit pas de votre commerce.

– Alors, mouchu, ch'est donc pour auchtre choge ?

– Pour une tout autre chose. Monsieur que voici a eu le nez coupé ce matin.

– Ah ! chaprichti, le pauvre homme ! Et qui est-che qui lui a fait cha ?

– Un Turc ; mais il n'importe.

– Un chauvage ! On m'avait bien dit que les Turcs étaient des chauvages ; mais je ne chavais pas qu'on les laichait venir à Paris. Attendez cheulement un peu ; je vas charcher le chargent de ville !

M. Bernier arrêta cet élan de zèle du digne Auvergnat et lui expliqua en peu de mots le service qu'on attendait de lui. Il crut d'abord qu'on se moquait, car on peut être un excellent porteur d'eau et n'avoir aucune notion de rhinoplastie. Le docteur lui fit comprendre qu'on voulait lui acheter un mois de son temps et environ cent cinquante centimètres carrés de sa peau.

– L'opération n'est rien, lui dit-il, et vous n'avez que fort peu à souffrir ; mais je vous préviens qu'il vous faudra énormément de patience pour rester immobile un mois durant, le bras cousu au nez de monsieur.

– De la pachienche, répondit-il, j'en ai de rechte ; ch'est pas pour rien qu'on est Oubergnat. Mais chi je pâche un mois chez vous pour rendre cherviche à che pauvre homme, il faudra me payer mon temps che qu'il vaut.

– Bien entendu. Combien voulez-vous ?

Il médita un instant et dit :

– La main chur la conschienche, cha vaut une pièce de quatre francs par jour.

– Non, mon ami, reprit le notaire : cela vaut mille francs pour le mois, ou trente-trois francs par journée.

– Non, répliqua le docteur avec autorité, cela vaut deux mille francs.

M. L'Ambert inclina la tête et ne fit point d'objection.

Romagné demanda la permission de finir sa journée, de ramener son tonneau sous la remise et de chercher un remplaçant pour un mois.

– Du rechte, disait-il, che n'est pas la peine de commencher aujourd'hui, pour une demi-journée.

On lui prouva que la chose était urgente, et il prit ses mesures en conséquence. Un de ses amis fut mandé et promit de le suppléer durant un mois.

– Tu m'apporteras mon pain tous les choirs, dit Romagné.

On lui dit que la précaution était inutile, et qu'il serait nourri dans la maison.

– Cha dépend de che que cha coûtera.

– M. L'Ambert vous nourrira gratis

– Gratiche ! ch'est dans mes prix. Voichi ma peau. Coupez tout de chuite !

Il supporta l'opération comme un brave, sans sourciller.

– Ch'est un plaigir, disait-il. On m'a parlé d'un Oubergnat de mon pays qui che faigeait pétrifier dans une chourche à vingt chous l'heure. J'aime mieux me faire couper par morcheaux. Ch'est moins achujettichant, et cha rapporte pluche.

M. Bernier lui cousit le bras gauche au visage du notaire, et ces deux hommes restèrent, un mois durant, enchaînés l'un à l'autre. Les deux frères siamois qui amusèrent jadis la curiosité de l'Europe n'étaient pas plus indissolubles. Mais ils étaient frères, accoutumés à se supporter dès l'enfance, et ils avaient reçu la même éducation. Si l'un avait été porteur d'eau et l'autre notaire, peut-être auraient-ils donné le spectacle d'une amitié moins fraternelle.

Romagné ne se plaignit jamais de rien, quoique la situation lui parût tout à fait nouvelle. Il obéit en esclave, ou mieux, en chrétien, à toutes les volontés de l'homme qui avait acheté sa peau. Il se levait, s'asseyait, se couchait, se tournait à droite et à gauche, selon le caprice de son seigneur. L'aiguille aimantée n'est pas plus soumise au pôle nord que Romagné n'était soumis à M. L'Ambert.

Cette héroïque mansuétude toucha le cœur du notaire, qui pourtant n'était pas tendre. Pendant trois jours, il eut une sorte de reconnaissance pour les bons soins de sa victime ; mais il ne tarda guère à le prendre en dégoût, puis en horreur.

Un homme jeune, actif et bien portant ne s'accoutume jamais sans effort à l'immobilité absolue. Qu'est-ce donc lorsqu'il doit rester immobile dans le voisinage d'un être inférieur, malpropre et sans éducation ? Mais le sort en était jeté. Il fallait ou vivre sans nez ou supporter l'Auvergnat avec toutes ses conséquences, manger avec lui, dormir avec lui, accomplir auprès de lui, et dans la situation la plus incommode, toutes les fonctions de la vie.

Romagné était un digne et excellent jeune homme ; mais il ronflait comme un orgue. Il adorait sa famille, il aimait son prochain ; mais il ne s'était jamais baigné de sa vie, de peur d'user en vain la marchandise. Il avait les sentiments les plus délicats du monde ; mais il ne savait pas s'imposer les contraintes les plus élémentaires que la civilisation nous recommande. Pauvre M. L'Ambert ! Et pauvre Romagné ! quelles nuits et quelles journées ! quels coups de pied donnés et reçus ! Inutile de dire que Romagné les reçut sans se plaindre : il craignait qu'un faux mouvement ne fît manquer l'expérience de M. Bernier.

Le notaire recevait bon nombre de visites. Il lui vint des compagnons de plaisir qui s'amusèrent de l'Auvergnat. On lui apprit à fumer des cigares, à boire du vin et de l'eau-de-vie. Le pauvre diable s'abandonnait à ces plaisirs nouveaux avec la naïveté d'un Peau-Rouge. On le grisa, on le soûla, on lui fit descendre tous les échelons qui séparent l'homme de la brute. C'était une éducation à refaire ; les beaux messieurs y prirent un plaisir cruel. N'était-il pas agréable et nouveau de démoraliser un Auvergnat ?

Certain jour, on lui demanda comment il pensait employer les cent louis de M. L'Ambert lorsqu'il aurait fini de les gagner :

– Je les placherai à chinq pour chent, répondit-il, et j'aurai chent francs de rente

– Et après ? lui dit un joli millionnaire de vingt-cinq ans. En seras-tu plus riche ? en seras-tu plus heureux ? Tu auras six sous de rente par jour ! Si tu te maries, et c'est inévitable, car tu es du bois dont on fait les imbéciles, tu auras douze enfants, pour le moins.

– Cha, ch'est possible !

– Et, en vertu du code civil, qui est une jolie invention de l'Empire, tu leur laisseras à chacun deux liards à manger par jour. Tandis qu'avec deux mille francs tu peux vivre un mois comme un riche, connaître les plaisirs de la vie et t'élever au-dessus de tes pareils !

Il se défendait comme un beau diable contre ces tentatives de corruption ; mais on frappa tant de petits coups répétés sur son crâne épais, qu'on ouvrit un passage aux idées fausses, et le cerveau fut entamé.

Les dames vinrent aussi. M. L'Ambert en connaissait beaucoup, et de tous les mondes. Romagné assista aux scènes les plus diverses ; il entendit des protestations d'amour et de fidélité qui manquaient de vraisemblance. Non seulement M. L'Ambert ne se privait pas de mentir richement devant lui ; mais il s'amusait quelquefois à lui montrer dans le tête-à-tête toutes les faussetés qui sont, pour ainsi dire, le canevas de la vie élégante.

Et le monde des affaires ! Romagné crut le découvrir comme Christophe Colomb, car il n'en avait aucune idée. Les clients de l'étude ne se gênaient pas plus devant lui qu'on ne se prive de parler en présence d'une douzaine d'huîtres. Il vit des pères de famille qui cherchaient les moyens de dépouiller légalement leurs fils au profit d'une maîtresse ou d'une bonne œuvre ; des jeunes gens à marier qui étudiaient l'art de voler par contrat la dot de leur femme ; des prêteurs qui voulaient dix pour cent sur première hypothèque, des emprunteurs qui donnaient hypothèque sur le néant !

Il n'avait point d'esprit, et son intelligence n'était pas de beaucoup supérieure à celle des caniches ; mais sa conscience se révolta quelquefois. Il crut bien faire, un jour, en disant à M. L'Ambert :

– Vous n'avez pas mon echtime.

Et la répugnance que le notaire avait pour lui se changea en haine déclarée.

Les huit derniers jours de leur intimité forcée furent remplis par une série de tempêtes. Mais enfin M. Bernier constata que le lambeau avait pris racine, malgré des tiraillements sans nombre. On détacha les deux ennemis ; on modela le nez du notaire dans la peau qui n'appartenait plus à Romagné. Et le beau millionnaire de la rue de Verneuil jeta deux billets de mille francs à la figure de son esclave en disant :

– Tiens, scélérat ! L'argent n'est rien ; tu m'as fait dépenser pour cent mille écus de patience. Va-t'en, sors d'ici pour toujours, et fais en sorte que je n'entende jamais parler de toi !

Romagné remercia fièrement, but une bouteille à l'office, deux petits verres avec Singuet et s'en alla titubant vers son ancien domicile.

V
GRANDEUR ET DÉCADENCE

M. L'Ambert rentra dans le monde avec succès ; on pourrait dire avec gloire. Ses témoins lui rendaient très ample justice en disant qu'il s'était battu comme un lion. Les vieux notaires se trouvaient rajeunis par son courage.

– Eh ! eh ! voilà comme nous sommes quand on nous pousse aux extrémités ; pour être notaire, on n'en est pas moins homme ! Maître L'Ambert a été trahi par la fortune des armes ; mais il est beau de tomber ainsi ; c'est un Waterloo. Nous sommes encore des lurons, quoi qu'on dise !

Ainsi parlaient le respectable maître Clopineau, et le digne maître Labrique, et l'onctueux maître Bontoux, et tous les nestors du notariat. Les jeunes maîtres tenaient à peu près le même langage, avec certaines variantes inspirées par la jalousie :

– Nous ne voulons pas renier maître L'Ambert : il nous honore, assurément, quoiqu'il nous compromette un peu ; – chacun de nous montrerait autant de cœur, et peut-être moins de maladresse. – Un officier ministériel ne doit pas se laisser marcher sur le pied : reste à savoir s'il doit se donner les premiers torts. On ne devrait aller sur le terrain que pour des motifs avouables. Si j'étais père de famille, j'aimerais mieux confier mes affaires à un sage qu'à un héros d'aventures, etc., etc.

Mais l'opinion des femmes, qui fait loi, s'était prononcée pour le héros de Parthenay. Peut-être eût-elle été moins unanime si l'on avait connu l'épisode du chat ; peut-être même le sexe injuste et charmant aurait-il donné tort à M. L'Ambert s'il s'était permis de reparaître sans nez sur la scène du monde. Mais tous les témoins avaient été discrets sur le ridicule incident ; mais M. L'Ambert, loin d'être défiguré, paraissait avoir gagné au change. Une baronne remarqua que sa physionomie était beaucoup plus douce depuis qu'il portait un nez droit. Une vieille chanoinesse, confite en malices, demanda au prince de B… s'il n'irait pas bientôt chercher querelle au Turc ? L'aquilin du prince de B… jouissait d'une réputation hyperbolique.

On se demandera comment les femmes du vrai monde pouvaient s'intéresser à des dangers qu'on n'avait point courus pour elles ? Les habitudes de maître L'Ambert étaient connues et l'on savait quelle part de son temps et de son cœur se dépensait à l'Opéra. Mais le monde pardonne aisément ces distractions aux hommes qui ne s'y livrent point tout entiers. Il fait la part du feu, et se contente du peu qu'on lui donne. On savait gré à M. L'Ambert de n'être qu'à moitié perdu, lorsque tant d'hommes de son âge le sont tout à fait. Il ne négligeait point les maisons honorables, il causait avec les douairières, il dansait avec les jeunes filles et faisait, à l'occasion, de la musique passable ; il ne parlait point des chevaux à la mode. Ces mérites, assez rares chez les jeunes millionnaires du faubourg, lui conciliaient la bienveillance des dames. On dit même que plus d'une avait cru faire œuvre pie en le disputant au foyer de la danse. Une jolie dévote, madame de L…, lui avait prouvé, trois mois durant, que les plaisirs les plus vifs ne sont pas dans le scandale et la dissipation.

Toutefois, il n'avait jamais rompu avec le corps de ballet ; la sévère leçon qu'il avait reçue ne lui inspira aucune horreur pour cette hydre à cent jolies têtes. Une de ses premières visites fut pour le foyer où brillait mademoiselle Victorine Tompain. C'est là qu'on lui fit une belle rentrée ! Avec quelle curiosité amicale on courut à lui ! Comme on l'appela très cher et bien bon ! Quelles poignées de main cordiales ! Quels jolis petits becs se tendirent vers lui pour recevoir un baiser d'ami, sans conséquence ! Il rayonnait. Tous ses amis des jours pairs, tous les dignitaires de la franc-maçonnerie du plaisir, lui firent compliment de sa guérison miraculeuse. Il régna durant tout un entr'acte dans cet agréable royaume. On écouta le récit de son affaire ; on lui fit raconter le traitement du docteur Bernier ;

on admira la finesse des points de suture qui ne se voyaient presque plus !

– Figurez-vous, disait-il, que cet excellent M. Bernier m'a complété avec la peau d'un Auvergnat. Et de quel Auvergnat, bon Dieu ! Le plus stupide, le plus épais, le plus sale de l'Auvergne ! On ne s'en douterait pas à voir le lambeau qu'il m'a vendu. Ah ! l'animal m'a fait passer bien des quarts d'heure désagréables !... Les commissionnaires du coin des rues sont des dandies auprès de lui. Mais j'en suis quitte, grâce au ciel ! Le jour où je l'ai payé et jeté à la porte, je me suis soulagé d'un grand poids. Il s'appelait Romagné, un joli nom ! Ne le prononcez jamais devant moi. Qu'on ne me parle pas de Romagné, si l'on veut que je vive ! Romagné !!!

Mademoiselle Victorine Tompain ne fut pas la dernière à complimenter le héros. Ayvaz-Bey l'avait indignement abandonnée en lui laissant quatre fois plus d'argent qu'elle ne valait. Le beau notaire se montra doux et clément envers elle.

– Je ne vous en veux pas, lui dit-il ; je n'ai pas même de rancune contre ce brave Turc. Je n'ai qu'un ennemi au monde, c'est un Auvergnat du nom de Romagné.

Il disait Romagné avec une intonation comique qui fit fortune. Et je crois que, même aujourd'hui, la plupart de ces demoiselles disent : « Mon Romagné », en parlant de leur porteur d'eau.

Trois mois se passèrent ; trois mois d'été. La saison fut belle ; il resta peu de monde à Paris. L'Opéra fut envahi par les étrangers et les gens de province ; M. L'Ambert y parut moins souvent.

Presque tous les jours, à six heures, il dépouillait la gravité du notaire et s'enfuyait à Maisons-Laffitte, où il avait loué un chalet. Ses amis l'y venaient voir, et même ses petites amies. On jouait, dans le jardin, à toute sorte de jeux champêtres, et je vous prie de croire que la balançoire ne chômait pas.

Un des hôtes les plus assidus et les plus gais était M. Steimbourg, agent de change. L'affaire de Parthenay l'avait lié plus étroitement avec M. L'Ambert. M. Steimbourg appartenait à une bonne famille d'israélites convertis ; sa charge valait deux millions, et il en possédait un quart à lui tout seul : on pouvait donc contracter amitié avec lui. Les maîtresses des deux amis s'accordaient assez bien ensemble, c'est-à-dire qu'elles se querellaient au plus une fois par semaine. Que c'est beau, quatre cœurs qui battent à l'unisson ! Les hommes montaient à cheval, lisaient le Figaro, ou racontaient les cancans de la ville ; les dames se tiraient les cartes à tour de rôle avec infiniment d'esprit : l'âge d'or en miniature !

M. Steimbourg se fit un devoir de présenter son ami dans sa famille. Il le conduisit à Biéville, où le père Steimbourg s'était fait construire un château. M. L'Ambert y fut reçu cordialement par un vieillard très vert, une dame de cinquante-deux ans qui n'avait pas encore abdiqué, et deux jeunes filles tout à fait coquettes. Il reconnut au premier coup d'œil qu'il n'entrait pas chez des fossiles. Non ; c'était bien la famille moderne et perfectionnée. Le père et le fils étaient deux camarades qui se plaisantaient réciproquement sur leurs fredaines. Les jeunes filles avaient vu tout ce qui se joue sur le théâtre et lu tout ce qui s'écrit. Peu de gens connaissaient mieux qu'elles la chronique élégante de Paris ; on leur avait montré, au spectacle et au bois de Boulogne, les beautés les plus célèbres de tous les mondes ; on les avait conduites aux ventes des riches mobiliers, et elles dissertaient fort agréablement sur les émeraudes de mademoiselle X... et les perles de mademoiselle Z... L'aînée, mademoiselle Irma Steimbourg, copiait avec passion les toilettes de mademoiselle Fargueil ; la cadette avait envoyé un de ses amis chez mademoiselle Figeac pour demander l'adresse de sa modiste. L'une et l'autre étaient riches et bien dotées. Irma plut à M. L'Ambert. Le beau notaire se disait de temps en temps qu'un demi-million de dot et une femme qui sait porter la toilette ne sont pas choses à dédaigner. On se vit assez souvent, presque une fois par semaine, jusqu'aux premières gelées de novembre.

Après un automne doux et brillant, l'hiver tomba comme une tuile. C'est un fait assez commun dans nos climats ; mais le nez de M. L'Ambert fit preuve en cette occasion d'une sensibilité peu commune. Il rougit un peu, puis beaucoup ; il s'enfla par degrés, au point de devenir presque difforme. Après une partie de chasse égayée par le vent du nord, le notaire éprouva des démangeaisons intolérables. Il se regarda dans un miroir d'auberge et la couleur de son nez lui déplut. Vous auriez dit une engelure mal placée.

Il se consolait en pensant qu'un bon feu de fagots lui rendrait sa figure naturelle, et, de fait, la chaleur le soulagea et le déteignit en peu d'instants. Mais la démangeaison se réveilla le lendemain, et les tissus se gonflèrent de plus belle, et la couleur rouge reparut avec une légère addition de violet. Huit jours passés au logis, devant la cheminée, effacèrent la teinte fatale. Elle reparut à la première sortie, en dépit des fourrures de renard bleu.

Pour le coup, M. L'Ambert prit peur ; il manda M. Bernier en toute hâte. Le docteur accourut, constata une légère inflammation et prescrivit des compresses d'eau glacée. On rafraîchit le nez, mais on ne le guérit point. M. Bernier fut étonné de la persistance du mal.

– Après tout, dit-il, Dieffenbach a peut-être raison. Il prétend que le lambeau peut mourir par excès de sang et qu'on y doit appliquer des sangsues. Essayons !

Le notaire se suspendit une sangsue au bout du nez. Lorsqu'elle tomba, gorgée de sang, on la remplaça par une autre et ainsi de suite, durant deux jours et deux nuits. L'enflure et la coloration disparurent pour un temps ; mais ce mieux ne fut pas de longue durée. Il fallut chercher autre chose. M. Bernier demanda vingt-quatre heures de réflexion, et en prit quarante-huit.

Lorsqu'il revint à l'hôtel de la rue de Verneuil, il était soucieux et même timide. Il dut faire un effort sur lui-même avant de dire à M. L'Ambert :

— La médecine ne rend pas compte de tous les phénomènes naturels, et je viens vous soumettre une théorie qui n'a aucun caractère scientifique. Mes confrères se moqueraient peut-être de moi si je leur disais qu'un lambeau détaché du corps d'un homme peut rester sous l'influence de son ancien possesseur. C'est votre sang, lancé par votre cœur, sous l'action de votre cerveau, qui afflue si malheureusement à votre nez. Et pourtant je suis tenté de croire que cet imbécile d'Auvergnat n'est pas étranger à l'événement.

M. L'Ambert se récria bien haut. Dire qu'un vil mercenaire que l'on avait payé, à qui l'on ne devait rien, pouvait exercer une influence occulte sur le nez d'un officier ministériel, c'était presque de l'impertinence !

— C'est bien pis, répondit le docteur, c'est de l'absurdité. Et pourtant je vous demande la permission de chercher le Romagné. J'ai besoin de le voir aujourd'hui, ne fût-ce que pour me convaincre de mon erreur. Avez-vous gardé son adresse ?

— À Dieu ne plaise !

— Eh bien, je vais me mettre en quête. Prenez patience, gardez la chambre, et ne vous traitez plus.

Il chercha quinze jours. La police lui vint en aide et l'égara durant trois semaines. On mit la main sur une demi-douzaine de Romagné. Un agent subtil et plein d'expérience découvrit tous les Romagné de Paris, excepté celui qu'on demandait. On trouva un invalide, un marchand de peaux de lapin, un avocat, un voleur, un commis de mercerie, un gendarme et un millionnaire. M. L'Ambert grillait d'impatience au coin du feu, et contemplait avec désespoir son nez écarlate. Enfin, l'on découvrit le domicile du porteur d'eau, mais il n'y demeurait plus. Les voisins racontèrent qu'il avait fait fortune et vendu son tonneau pour jouir de la vie.

M. Bernier battit les cabarets et autres lieux de plaisir, tandis que son malade restait plongé dans la mélancolie.

Le 2 février, à dix heures du matin, le beau notaire se chauffait tristement les pieds et contemplait en louchant cette pivoine fleurie au milieu de son visage, lorsqu'un tumulte joyeux ébranla toute la maison. Les portes s'ouvrirent avec fracas, les valets crièrent de surprise, et l'on vit paraître le docteur, traînant Romagné par la main.

C'était le vrai Romagné, mais bien différent de lui-même ! Sale, abruti, hideux, l'œil éteint, l'haleine fétide, puant le vin et le tabac, rouge de la tête aux pieds comme un homard cuit : c'était moins un homme qu'un érysipèle vivant.

– Monstre ! lui dit M. Bernier, tu devrais mourir de honte. Tu t'es ravalé au-dessous de la brute. Si tu as encore le visage d'un homme, tu n'en as déjà plus la couleur. À quoi as-tu employé la petite fortune que nous t'avions faite ? Tu t'es roulé dans les bas-fonds de la débauche, et je t'ai trouvé au delà des fortifications de Paris, vautré comme un porc au seuil du plus immonde des cabarets !

L'Auvergnat leva ses gros yeux sur le docteur et lui dit avec son aimable accent, embelli d'une intonation faubourienne :

– Eh bien, quoi ! J'ai fait la noche ! Ch'est pas une raigeon pour me dire des chottiges.

– Qui est-ce qui te dit des sottises ? On te reproche tes turpitudes, voilà tout. Pourquoi n'as-tu pas placé ton argent au lieu de le boire ?

– Ch'est lui qui m'a dit de m'amuger.

– Drôle ! s'écria le notaire, est-ce moi qui t'ai conseillé de te soûler à la barrière avec de l'eau-de-vie et du vin bleu ?

– On ch'amuse comme on peut… je chuis été avec les camarades.

Le médecin bondit de colère.

– Ils sont jolis, tes camarades ! Comment ! je fais une cure merveilleuse qui répand ma gloire dans Paris, qui m'ouvrira un jour ou l'autre les portes de l'Institut, et tu vas, avec quelques ivrognes de ton espèce, gâter mon plus divin ouvrage ! S'il ne s'agissait que de toi, parbleu ! Nous te laisserions faire. C'est un suicide physique et moral ; mais un Auvergnat de plus ou de moins n'importe guère à la société. Il s'agit d'un homme du monde, d'un riche, de ton bienfaiteur, de mon malade ! Tu l'as compromis, défiguré, assassiné par ton inconduite. Regarde dans quel état lamentable tu as mis la figure de monsieur !

Le pauvre diable contempla le nez qu'il avait fourni, et se mit à fondre en larmes

– Ch'est bien malheureux, mouchu Bernier ; mais j'attechte le bon Dieu que ch'est pas ma faute. Le nez ch'est gâté tout cheul. Chaprichti ! je chuis un honnête homme, et je vous jure que je n'y ai pas cheulement touché !

– Imbécile ! dit M. L'Ambert, tu ne comprendras jamais… et, d'ailleurs, tu n'as pas besoin de comprendre ! Il s'agit de nous dire sans détour si tu veux changer de conduite et renoncer à cette vie de débauche, qui me tue par contre-coup ? Je te préviens que j'ai le bras long et que, si tu t'obstinais dans tes vices, je saurais te faire mettre en lieu sûr.

– En prigeon ?

– En prison.

– En prigeon avec les schélérats ? Grâche, mouchu L'Ambert ! Cha cherait le déjonneur de la famille !

– Boiras-tu encore, oui ou non ?

– Eh ! bon Diou ! Comment boire quand on n'a plus le chou ? J'ai tout dépenché, mouchu L'Ambert. J'ai bu les deux mille francs, j'ai bu mon tonneau et tout le fonds de boutique, et personne ne veut plus me faire crédit chur la churfache de la terre !

– Tant mieux, drôle ! c'est bien fait.

– Il faudra bien que je devienne chage ! voichi la migère qui vient, mouchu L'Ambert !

– À la bonne heure !

– Mouchu L'Ambert !

– Quoi ?

– Chi ch'était un effet de votre bonté de me rachcter un tonneau pour gagner ma pauvre vie, je vous jure que je redeviendrais un bon chujet !

– Allons donc ! tu le vendrais pour boire.

– Non, mouchu L'Ambert, foi d'honnête garchon !

– Serment d'ivrogne !

– Mais vous voulez donc que je meure de faim et de choif ! Une chentaine de francs, mon bon mouchu L'Ambert !

– Pas un centime ! C'est la Providence qui t'a mis sur la paille pour me rendre ma figure naturelle. Bois de l'eau, mange du pain sec, prive-toi du nécessaire, meurs de faim si tu peux : c'est à ce prix que je recouvrerai mes avantages et que je redeviendrai moi-même !

Romagné courba la tête et se retira, traînant le pied et saluant la compagnie.

Le notaire était dans la joie et le médecin dans la gloire.

– Je ne veux pas faire mon éloge, disait modestement M. Bernier, mais Leverrier trouvant une planète par la force du calcul n'a pas fait un plus grand miracle que moi. Deviner, à l'aspect de votre nez, qu'un Auvergnat absent et perdu dans Paris se livre à la débauche, c'est remonter de l'effet à la cause par des chemins que l'audace humaine n'avait pas encore tentés. Quant au traitement de votre mal, il est indiqué par la circonstance. La diète appliquée à Romagné est le seul remède qui vous puisse guérir. Le hasard nous sert à merveille, puisque cet animal a mangé son dernier sou. Vous avez bien fait de lui refuser le secours qu'il demandait : tous les efforts de l'art seront vains tant que cet homme aura de quoi boire.

– Mais, docteur, interrompit M. L'Ambert, si mon mal ne venait point de là ? si vous étiez le jouet d'une coïncidence fortuite ? Ne m'avez-vous pas dit vous-même que la théorie… ?

– J'ai dit et je maintiens que, dans l'état actuel de nos connaissances, votre cas n'admet aucune explication logique. C'est un fait dont la loi reste à trouver. Le rapport que nous observons aujourd'hui entre la santé de votre nez et la conduite de cet Auvergnat nous ouvre une perspective peut-être trompeuse, mais à coup sûr immense. Attendons quelques jours : si votre nez guérit à mesure que Romagné se range, ma théorie recevra le renfort d'une nouvelle probabilité. Je ne réponds de rien ; mais je pressens une loi physiologique, inconnue jusqu'à nous, et que je serais heureux de formuler. Le monde de la science est plein de phénomènes visibles produits par des causes inconnues. Pourquoi madame de L…, que vous connaissez comme moi, porte-t-elle une cerise admirablement peinte sur l'épaule gauche ? Est-ce, comme on le dit, parce que sa mère, étant grosse, a convoité violemment un panier de cerises à l'étalage de Chevet ? Quel artiste invisible a dessiné ce fruit sur le corps d'un fœtus de six semaines, gros comme une crevette de moyenne taille ? Comment expliquer cette action spéciale du moral sur le physique ? Et pourquoi la cerise de madame de L… devient-elle sensible et douloureuse au mois d'avril de chaque année, lorsque les cerisiers sont en fleur ? Voilà des faits certains, évidents, palpables, et tout aussi inexpliqués que l'enflure et la rougeur de votre nez. Mais patience !

Deux jours après, le nez de M. L'Ambert désenfla d'une façon visible, mais la couleur rouge tenait bon. Vers la fin de la semaine, son volume était réduit d'un bon tiers. Au bout de quinze jours, il pela horriblement, fit peau neuve et reprit sa forme et sa couleur primitives.

Le docteur triomphait.

– Mon seul regret, disait-il, c'est que nous n'ayons point gardé le Romagné dans une cage pour observer sur lui comme sur vous les effets du traitement. Je suis sûr que, durant sept ou huit jours, il a été couvert d'écailles comme une couleuvre.

– Qu'il aille au diable ! ajouta chrétiennement M. L'Ambert.

Dès ce jour, il reprit ses habitudes : sortit en voiture, à cheval, à pied ; dansa dans les bals du faubourg et embellit de sa présence le foyer de l'Opéra. Toutes les femmes lui firent bon accueil dans le monde et hors du monde. Une de celles qui le félicitèrent le plus tendrement de sa guérison fut la sœur aînée de l'ami Steimbourg.

Cette aimable personne avait coutume de regarder les hommes dans le blanc des yeux. Elle remarqua très judicieusement que M. L'Ambert était sorti plus beau de cette dernière crise. Oui, vraiment, il semblait que deux ou trois mois de souffrances eussent donné à son visage je ne sais quoi d'achevé. Le nez surtout, ce nez droit, qui venait de rentrer dans ses limites après une dilatation cuisante, paraissait plus fin, plus blanc et plus aristocratique que jamais.

Telle était aussi l'opinion du joli notaire, et il se contemplait dans toutes les glaces avec une admiration toujours nouvelle. C'était plaisir de le voir, face à face avec lui-même, et souriant à son propre nez.

Mais, au retour du printemps, dans la seconde quinzaine de mars, tandis que la sève généreuse enflait les bourgeons des lilas, M. L'Ambert eut lieu de croire que son nez seul était privé des bienfaits de la saison et des bontés de la nature. Au milieu du rajeunissement de toutes choses, il pâlissait comme une feuille d'automne. Les ailes amincies et comme desséchées par le souffle d'un sirocco invisible, s'aplatissaient contre la cloison.

– Mort de ma vie ! disait le notaire en faisant la grimace au miroir, la distinction est une belle chose, comme la vertu ; mais pas trop n'en faut. Mon nez devient d'une élégance inquiétante, et bientôt il ne sera plus qu'une ombre si je ne lui rends la force et la couleur !

Il y mit un peu de rouge. Mais le fard ne servait qu'à faire ressortir la finesse incroyable de cette ligne droite et sans épaisseur qui lui séparait la figure en deux. Telle on voit une lame de fer battu se dresser mince et coupante au milieu d'un cadran solaire ; tel était le nez fantastique du notaire désespéré.

En vain le riche indigène de la rue de Verneuil se mit au régime le plus substantiel. Considérant que la bonne nourriture, digérée par un estomac solide, profite à peu près également à toutes les parties du corps, il s'imposa la douce loi de prendre force consommés, force coulis, et quantité de viandes saignantes arrosées des vins les plus généreux. Dire que ces aliments choisis ne lui profitèrent en rien serait nier l'évidence et blasphémer la bonne chère. M. L'Ambert se fit, en peu de temps, de belles joues rouges, un beau cou de taureau apoplectique et un joli petit ventre rondelet. Mais le nez était comme un associé négligent ou désintéressé, qui ne vient pas toucher ses dividendes.

Lorsqu'un malade ne peut manger ni boire, on le soutient quelquefois par des bains nourrissants qui pénètrent à travers la peau jusqu'aux sources de la vie. M. L'Ambert traita son nez comme un malade qu'il faut nourrir à part et coûte que coûte. Il commanda pour lui seul une petite baignoire de vermeil. Six fois par jour il le plongea et le maintint patiemment dans des bains de lait, de vin de Bourgogne, de bouillon gras et même de sauce aux tomates. Peine perdue ! le malade sortait du bain aussi pâle, aussi maigre, aussi déplorable qu'il y était entré.

Toute espérance semblait perdue, lorsqu'un jour M. Bernier se frappa le front et s'écria :

— Nous avons fait une énorme faute ! une véritable bévue d'écoliers ! et c'est moi !… lorsque ce fait apportait à ma théorie une si éclatante confirmation !… N'en doutez pas, monsieur : l'Auvergnat est malade, et c'est lui qu'il nous faut traiter pour que vous soyez guéri.

Le pauvre L'Ambert s'arracha les cheveux. C'est pour le coup qu'il regretta d'avoir mis Romagné à la porte et de lui avoir refusé le secours qu'il demandait, et d'avoir oublié de prendre son adresse ! Il se représentait le pauvre diable languissant sur un grabat, sans pain, sans rosbif et sans vin de Château-Margaux. À cette idée, son cœur se brisait. Il s'associait aux douleurs du pauvre mercenaire. Pour la première fois de sa vie, il fut ému du malheur d'autrui :

– Docteur, cher docteur, s'écria-t-il en serrant la main de M. Bernier, je donnerais tout mon bien pour sauver ce brave jeune homme !

Cinq jours après, le mal avait encore empiré. Le nez n'était plus qu'une pellicule flexible, pliant sous le poids des lunettes, lorsque M. Bernier vint dire qu'il avait trouvé l'Auvergnat.

– Victoire ! s'écria M. L'Ambert.

Le chirurgien haussa les épaules et répondit que la victoire lui paraissait au moins douteuse.

– Ma théorie, dit-il, est pleinement confirmée, et, comme physiologiste, j'ai tout lieu de me déclarer satisfait ; mais, comme médecin, je voudrais vous guérir, et l'état où j'ai trouvé ce malheureux me laisse peu d'espérance.

– Vous le sauverez, cher docteur !

– D'abord, il ne m'appartient pas. Il est dans le service d'un de mes confrères, qui l'étudie avec une certaine curiosité.

– On vous le cédera ! nous l'achèterons, s'il le faut.

– Y songez-vous ! Un médecin ne vend pas ses malades. Il les tue quelquefois, dans l'intérêt de la science, pour voir ce qu'ils ont dans le corps. Mais en faire un objet de commerce, jamais ! Mon ami Fogatier me donnera peut-être votre Auvergnat ; mais le drôle est bien malade, et, pour comble de disgrâce, il a pris la vie en tel dégoût qu'il ne veut pas guérir. Il jette tous les médicaments. Quant à la nourriture, tantôt il se plaint de n'en pas avoir assez, et réclame à grands cris la portion entière, tantôt il refuse ce qu'on lui donne et demande à mourir de faim.

– Mais c'est un crime ! Je lui parlerai ! je lui ferai entendre le langage de la morale et de la religion ! Où est-il ?

– À l'Hôtel-Dieu, salle Saint-Paul, no 10.

– Vous avez votre voiture en bas ?

– Oui.

– Eh bien, partons. Ah ! le scélérat qui veut mourir ! Il ne sait donc pas que tous les hommes sont frères !

VI
HISTOIRE D'UNE PAIRE DE LUNETTES ET CONSÉQUENCES D'UN RHUME DE CERVEAU

Jamais aucun prédicateur, jamais Bossuet ou Fénelon, jamais Massillon ou Fléchier, jamais M. Mermilliod lui-même ne dépensa dans sa chaire une éloquence plus forte et plus onctueuse à la fois que M. Alfred L'Ambert au chevet de Romagné. Il s'adressa d'abord à la raison, puis à la conscience, et finalement au cœur de son malade. Il mit en œuvre le profane et le sacré, cita les textes saints et les philosophes. Il fut puissant et doux, sévère et paternel, logique, caressant et même plaisant. Il lui prouva que le suicide est le plus honteux de tous les crimes, et qu'il faut être bien lâche pour affronter volontairement la mort. Il risqua même une métaphore aussi nouvelle que hardie en comparant le suicidé au déserteur qui abandonne son poste sans la permission du caporal.

L'Auvergnat, qui n'avait rien pris depuis vingt-quatre heures, paraissait buté à son idée. Il se tenait immobile et têtu devant la mort comme un âne devant un pont. Aux arguments les plus serrés, il répondait avec une douceur impassible :

– Ch'est pas la peine, mouchu L'Ambert ; y a trop de migère en che monde

– Eh ! mon ami, mon pauvre ami ! la misère est d'institution divine. Elle est créée tout exprès pour exciter la charité chez les riches et la résignation chez les pauvres.

– Les riches ? J'ai demandé de l'ouvrage, et tout le monde m'en a refugé. J'ai demandé la charité, on m'a menaché du chargent de ville !

– Que ne vous adressiez-vous à vos amis ? À moi, par exemple ! à moi qui vous veux du bien ! à moi qui ai de votre sang dans les veines !

– Ch'est cha ! Pour que vous me fachiez encore flanquer à la porte !

– Ma porte vous sera toujours ouverte, comme ma bourse, comme mon cœur !

– Chi vous m'aviez cheulement donné chinquante francs pour racheter un tonneau d'occagion !

– Mais, animal !… cher animal, veux-je dire… permets-moi de te rudoyer un peu, comme dans les temps où tu partageais mon lit et ma table ! Ce n'est pas cinquante francs que je te donnerai, c'est mille, deux mille, dix mille ! c'est ma fortune entière que je veux partager avec toi… au prorata de nos besoins respectifs. Il faut que tu vives ! il faut que tu sois heureux ! Voici le printemps qui revient, avec son cortège de fleurs et la douce musique des oiseaux dans les branches. Aurais-tu bien le cœur d'abandonner tout cela ? Songe à la douleur de tes braves parents, de ton vieux père, qui t'attend au pays ; de tes frères et de tes sœurs ! Songe à ta mère, mon ami ! Celle-là ne te survivrait pas. Tu les reverras tous ! Ou plutôt non : tu dois rester à Paris, sous mes yeux, dans mon intimité la plus étroite. Je veux te voir heureux, marié à une bonne petite femme, père de deux ou trois jolis enfants. Tu souris ! Prends ce potage.

– Merchi bien, mouchu L'Ambert. Gardez la choupe ; il n'en faut plus. Y a trop de migère en che monde !

– Mais quand je te jure que tes mauvais jours sont finis ! quand je me charge de ton avenir, foi de notaire ! Si tu consens à vivre, tu ne souffriras plus, tu ne travailleras plus, tes années se composeront de trois cent soixante-cinq dimanches !

– Et pas de lundis ?

– De lundis, si tu le préfères. Tu mangeras, tu boiras, tu fumeras des cabañas à trente sous pièce ! Tu seras mon commensal, mon inséparable, un autre moi-même. Veux-tu vivre, Romagné, pour être un autre moi-même ?

– Non ! tant pis. Pichque j'ai commenché à mourir, autant finir tout de chuite.

– Ah ! c'est ainsi ! Eh bien, je te dirai, triple brute ! à quel destin tu te condamnes ! Il ne s'agit pas seulement des peines éternelles que chaque minute de ton obstination rapproche de toi. Mais, en ce monde, ici même, demain, aujourd'hui peut-être, avant d'aller pourrir dans la fosse commune, tu seras porté à l'amphithéâtre. On te jettera sur une table de pierre, on découpera ton corps en morceaux. Un carabin fendra à coups de hache ta grosse tête de mulet ; un autre fouillera ta poitrine à grands coups de scalpel pour vérifier s'il y a un cœur dans cette stupide enveloppe ; un autre…

– Grâche, grâche, mouchu L'Ambert ! je ne veux pas être coupé en morcheaux ! j'aime mieux manger la choupe !

Trois jours de soupe et la force de sa constitution le tirèrent de ce mauvais pas. On put le transporter en voiture jusqu'à l'hôtel de la rue de Verneuil. M. L'Ambert l'y installa lui-même, avec des attentions maternelles. Il lui donna le logement de son propre valet de chambre, pour l'avoir plus près de lui. Durant un mois, il remplit les fonctions de garde-malade et passa même plusieurs nuits.

Ces fatigues, au lieu d'altérer sa santé, rendirent la fraîcheur et l'éclat à son visage. Plus il s'exténuait à soigner le pauvre diable, plus son nez reprenait de couleur et de force. Sa vie se partageait entre l'étude, l'Auvergnat et le miroir. C'est dans cette période qu'il écrivit un jour par distraction sur le brouillon d'un acte de vente : « Il est doux de faire le bien ! » Maxime un peu vieille en elle-même, mais tout à fait nouvelle pour lui.

Lorsque Romagné fut décidément en convalescence, son hôte et son sauveur, qui lui avait taillé tant de mouillettes et découpé tant de biftecks, lui dit :

– À partir d'aujourd'hui, nous dînerons tous les jours ensemble. Si pourtant tu préférais manger à l'office, tu y serais aussi bien nourri, et tu t'amuserais davantage.

Romagné, en homme de bon sens, opta pour l'office.

Il y prit ses habitudes et s'y conduisit de façon à gagner tous les cœurs. Au lieu de se prévaloir de l'amitié du maître, il fut plus modeste et plus doux que le petit marmiton. C'était un domestique que M. L'Ambert avait donné à ses gens. Tout le monde usait de lui, raillait son accent, et lui allongeait des tapes amicales : personne ne songeait à lui payer des gages. M. L'Ambert le surprit quelquefois tirant de l'eau, déplaçant de gros meubles ou frottant les parquets. Dans ces occasions, ce bon maître lui tirait l'oreille et lui disait :

– Amuse-toi, j'y consens ; mais ne te fatigue pas trop !

Le pauvre garçon était confus de tant de bontés et se retirait dans sa chambre pour pleurer de tendresse.

Il ne put la garder longtemps, cette chambrette propre et commode qui touchait à l'appartement du maître. M. L'Ambert fit entendre délicatement que son valet de chambre lui manquait beaucoup, et Romagné demanda lui-même la permission de loger sous les combles. On s'empressa de faire droit à sa requête ; il obtint un chenil dont les filles de cuisine n'avaient jamais voulu.

Un sage a dit : « Heureux les peuples qui n'ont pas d'histoire ! » Sébastien Romagné fut heureux trois mois. C'est au commencement de juin qu'il eut une histoire. Son cœur, longtemps invulnérable, fut entamé par les flèches de l'Amour. L'ancien porteur d'eau se livra pieds et poings liés au dieu qui perdit Troie. Il s'aperçut, en épluchant des légumes, que la cuisinière avait de beaux petits yeux gris avec de belles grosses joues écarlates. Un soupir à renverser les tables fut le premier symptôme de son mal. Il voulut s'expliquer ; la parole lui mourut dans la gorge. À peine s'il osa prendre sa Dulcinée par la taille et l'embrasser sur les lèvres, tant sa timidité était excessive.

On le comprit à demi-mot. La cuisinière était une personne capable, plus âgée que lui de sept à huit ans, et moins dépaysée sur la carte du Tendre.

– Je vois ce que c'est, lui dit-elle : vous avez envie de vous marier avec moi. Eh bien, mon garçon, nous pouvons nous entendre, si vous avez quelque chose devant vous.

Il répondit naïvement qu'il avait devant lui tout ce qu'on peut demander à un homme, c'est-à-dire deux bras robustes et accoutumés au travail. Demoiselle Jeannette lui rit au nez et parla plus clairement ; il éclata de rire à son tour et dit avec la plus aimable confiance :

– Ch'est de l'argent qu'il faut pour cha ? Vous auriez dû le dire tout de chuite. J'en ai gros comme moi, de l'argent ! Combien ch'est-il que vous en voulez ? Dites la chomme. Par eggemple, la moitié de la fortune de mouchu L'Ambert, cha cherait-il chuffigeant ?

– Moitié de la fortune de monsieur ?

– Chertainement. Il me l'a dit plus de chent fois. J'ai la moitié de cha fortune, mais nous n'avons pas encore partagé l'argent : il me le garde.

– Des bêtises !

– Des bétiges ? Tenez, le voichi qui rentre. Je vas lui demander mon compte, et je vous apporte les gros chous à la cuigine.

Pauvre innocent ! il obtint de son maître une bonne leçon de haute grammaire sociale. M. L'Ambert lui enseigna que promettre et tenir ne sont point synonymes ; il daigna lui expliquer (car il était en belle humeur) les mérites et les dangers de la figure appelée hyperbole. Finalement, il lui dit avec une douceur ferme et qui n'admettait point de réplique :

– Romagné, j'ai beaucoup fait pour vous ; je veux faire davantage encore en vous éloignant de cet hôtel. Le simple bon sens vous dit que vous n'y êtes pas en qualité de maître ; j'ai trop de bonté pour admettre que vous y restiez comme valet ; enfin, je croirais vous rendre un mauvais service en vous maintenant dans une situation mal définie qui pervertirait vos habitudes et fausserait votre esprit. Encore une année de cette vie oisive et parasite, et vous perdrez le goût du travail. Vous deviendrez un déclassé. Or, je dois vous dire que les déclassés sont le fléau de notre époque. Mettez la main sur votre conscience, et dites-moi si vous consentiriez à devenir le fléau de votre époque ? Pauvre malheureux ! N'avez-vous pas regretté plus d'une fois le titre d'ouvrier, votre noblesse à vous ? Car vous êtes de ceux que Dieu a créés pour s'ennoblir par les sueurs utiles ; vous appartenez à l'aristocratie du travail. Travaillez donc ; non plus comme autrefois, dans les privations et le doute, mais dans une sécurité que je garantis et dans une abondance proportionnée à vos modestes besoins. C'est moi qui fournirai aux dépenses du premier établissement, c'est moi qui vous procurerai de l'ouvrage. Si, par impossible, les moyens d'existence venaient à vous manquer, vous trouveriez des ressources chez moi. Mais renoncez à l'absurde projet d'épouser ma cuisinière, car vous ne devez pas lier votre sort au sort d'une servante, et je ne veux pas d'enfants dans la maison !

L'infortuné pleura de tous ses yeux et se répandit en actions de grâces. Je dois dire, à la décharge de M. L'Ambert, qu'il fit les choses assez proprement. Il habilla Romagné tout à neuf, meubla pour lui une chambre au cinquième, dans une vieille maison de la rue du Cherche-Midi, et lui donna cinq cents francs pour vivre en attendant l'ouvrage. Et huit jours ne s'étaient pas écoulés, qu'il le fit entrer comme manœuvre chez un fort miroitier de la rue de Sèvres.

Il se passa longtemps, six mois peut-être, sans que le nez du notaire donnât aucune nouvelle de son fournisseur. Mais, un jour que l'officier ministériel, en compagnie de son maître clerc, déchiffrait les parchemins d'une noble et riche famille, ses lunettes d'or se brisèrent par le milieu et tombèrent sur la table.

Ce petit accident le dérangea fort peu. Il prit un pince-nez à ressort d'acier et fit changer les lunettes sur le quai des Orfèvres. Son opticien ordinaire, M. Luna, s'empressa d'envoyer mille excuses, avec une paire de lunettes neuves qui se brisèrent au même endroit, dans les vingt-quatre heures.

Une troisième paire eut le même sort ; une quatrième vint ensuite et se brisa pareillement. L'opticien ne savait plus quelle formule d'excuse il devait prendre. Dans le fond de son âme, il était persuadé que M. L'Ambert avait tort. Il disait à sa femme, en lui montrant le dégât des quatre journées :

– Ce jeune homme n'est pas raisonnable ; il porte des verres no 4, qui sont forcément très lourds ; il veut, par coquetterie, une monture mince comme un fil, et je suis sûr qu'il brutalise ses lunettes comme si elles étaient de fer battu. Si je lui fais une observation, il se fâchera ; mais je vais lui envoyer quelque chose de plus fort en monture.

Madame Luna trouva l'idée excellente ; mais la cinquième paire de lunettes eut le sort des quatre premières. Cette fois, M. L'Ambert se fâcha tout rouge, quoiqu'on ne lui eût fait aucune observation, et transporta sa clientèle à une maison rivale.

Mais on aurait dit que tous les opticiens de Paris s'étaient donné le mot pour casser leurs lunettes sur le nez du pauvre millionnaire. Une douzaine de paires y passa. Et le plus merveilleux de l'affaire, c'est que le pince-nez à ressort d'acier qui remplissait les interrègnes se maintint ferme et vigoureux.

Vous savez que la patience n'était pas la vertu favorite de M. Alfred L'Ambert. Il trépignait un jour sur une paire de lunettes, qu'il écrasait à coups de talon, quand le docteur Bernier se fit annoncer chez lui.

– Parbleu ! s'écria le notaire, vous arrivez à point. Je suis ensorcelé, le diable m'emporte !

Les regards du docteur se portèrent naturellement sur le nez de son malade. L'objet lui parut sain, de bonne mine, et frais comme une rose.

– Il me semble, dit-il, que nous allons tout à fait bien.

– Moi ? sans doute ; mais ces maudites lunettes ne veulent pas aller !

Il conta son histoire, et M. Bernier devint rêveur.

– Il y a de l'Auvergnat dans votre affaire. Avez-vous ici une monture brisée ?

– En voici une sous mes pieds.

M. Bernier la ramassa, l'examina à la loupe et crut voir que l'or était comme argenté aux environs de la cassure.

– Diable ! dit-il. Est-ce que Romagné aurait fait des sottises ?

– Quelles sottises voulez-vous qu'il fasse ?

– Il est toujours chez vous ?

– Non ; le drôle m'a quitté. Il travaille en ville.

– J'espère que, cette fois, vous avez pris son adresse.

– Sans doute. Voulez-vous le voir ?

– Le plus tôt sera le mieux.

– Il y a donc péril en la demeure ? Cependant je me porte bien !

– Allons d'abord chez Romagné.

Un quart d'heure après, ces messieurs descendirent à la porte de MM. Taillade et Cie, rue de Sèvres. Une grande enseigne découpée dans des morceaux de glace indiquait le genre d'industrie pratiqué dans la maison.

– Nous y voici, dit le notaire.

– Quoi ! votre homme est-il donc employé là dedans ?

– Sans doute. C'est moi qui l'y ai fait entrer.

– Allons, il y a moins de mal que je ne pensais. Mais, c'est égal, vous avez commis une fière imprudence !

– Que voulez-vous dire ?

– Entrons d'abord.

Le premier individu qu'ils rencontrèrent dans l'atelier fut l'Auvergnat en bras de chemise, manches retroussées, étamant une glace.

– Là ! dit le docteur, je l'avais bien prévu.

– Mais quoi donc ?

– On étame les glaces avec une couche de mercure emprisonnée sous une feuille d'étain. Comprenez-vous ?

– Pas encore.

– Votre animal est fourré là dedans jusqu'aux coudes. Que dis-je ! Il en a bien jusqu'aux aisselles.

– Je ne vois pas la liaison…

– Vous ne voyez pas que votre nez étant une fraction de son bras, et l'or ayant une tendance déplorable à s'amalgamer avec le mercure, il vous sera toujours impossible de garder vos lunettes ?

– Sapristi !

– Mais vous avez la ressource de porter des lunettes d'acier.

– Je n'y tiens pas.

– À ce prix, vous ne risquez rien, sauf peut-être quelques accidents mercuriels.

– Ah ! mais non ! J'aime mieux que Romagné fasse autre chose. Ici, Romagné ! Laisse-moi ta besogne et viens-t'en vite avec nous ! Mais veux-tu bien finir, animal ! Tu ne sais pas à quoi tu m'exposes !

Le patron de l'atelier était accouru au bruit. M. L'Ambert se nomma d'un ton d'importance et rappela qu'il avait recommandé cet homme par l'entremise de son tapissier. M. Taillade répondit qu'il s'en souvenait parfaitement. C'était même pour se rendre agréable à M. L'Ambert et mériter sa bienveillance, qu'il avait promu son manœuvre au grade d'étameur.

– Depuis quinze jours ? s'écria L'Ambert.

– Oui, monsieur. Vous le saviez donc ?

– Je ne le sais que trop ! Ah ! monsieur, comment peut-on jouer avec des choses si sacrées ?

– J'ai… ?

– Non, rien. Mais, dans mon intérêt, dans le vôtre, dans l'intérêt de la société tout entière, remettez-le où il était ! ou plutôt, non ; rendez-le-moi, que je l'emmène. Je payerai ce qu'il faudra, mais le temps presse. Ordonnance du médecin !… Romagné, mon ami, il faut me suivre. Votre fortune est faite ; tout ce que j'ai vous appartient !… Non ! Mais venez quand même ; je vous jure que vous serez content de moi !

Il lui laissa à peine le temps de se vêtir et l'entraîna comme une proie. M. Taillade et ses ouvriers le prirent pour un fou. Le bon Romagné levait les yeux au ciel et se demandait, tout en marchant, ce qu'on voulait encore de lui.

Son destin fut débattu dans la voiture, tandis qu'il gobait les mouches auprès du cocher.

– Mon cher malade, disait le docteur au millionnaire, il faut garder à vue ce garçon-là. Je comprends que vous l'ayez renvoyé de chez vous, car il n'est pas d'un commerce très agréable ; mais il ne fallait pas le placer si loin, ni rester si longtemps sans faire prendre de ses nouvelles. Logez-le rue de Beaune ou rue de l'Université, à proximité de votre hôtel. Donnez-lui un état moins dangereux pour vous, ou plutôt, si vous voulez bien faire, servez-lui une petite pension sans lui donner aucun état : s'il travaille, il se fatigue, il s'expose ; je ne connais pas de métier où l'homme ne risque sa peau ; un accident est si vite arrivé ! Donnez-lui de quoi vivre sans rien faire. Toutefois, gardez-vous bien de le mettre trop à l'aise ! Il boirait encore, et vous savez ce qui vous en revient. Une centaine de francs par mois, le loyer payé, voilà ce qu'il lui faut.

– C'est peut-être beaucoup… : non pour la somme ; mais je voudrais lui donner de quoi manger sans lui donner de quoi boire.

– Va donc pour quatre louis, payables en quatre fois, le mardi de chaque semaine.

On offrit à Romagné une pension de quatre-vingts francs par mois ; mais, pour le coup, il se fit tirer l'oreille.

– Tout cha ? dit-il avec mépris. C'hétait pas la peine de m'ôter de la rue de Chèvres ; j'avais trois francs dix chous par jour et j'envoyais de l'argent à ma famille. Laichez-moi travailler dans les glaches, ou donnez-moi trois francs dix chous !

Il fallut bien en passer par là, puisqu'il était le maître de la situation.

M. L'Ambert s'aperçut bientôt qu'il avait pris le bon parti. L'année s'écoula sans accident d'aucune sorte. On payait Romagné toutes les semaines et on le surveillait tous les jours. Il vivait honnêtement, doucement, sans autre passion que le jeu de quilles. Et les beaux yeux de mademoiselle Irma Steimbourg se reposaient avec une complaisance visible sur le nez rose et blanc de l'heureux millionnaire.

Ces deux jeunes gens dansèrent ensemble tous les cotillons de l'hiver. Aussi le monde les mariait. Un soir, à la sortie du Théâtre-Italien, le vieux marquis de Villemaurin arrêta L'Ambert sous le péristyle :

– Eh bien, lui dit-il, à quand la noce ?

– Mais, monsieur le marquis, je n'ai encore ouï parler de rien.

– Attendez-vous donc qu'on vous demande en mariage ? C'est à l'homme à parler, morbleu ! Le petit duc de Lignant, un vrai gentilhomme et un bon, n'a pas attendu que je lui offrisse ma fille, lui ! Il est venu, il a plu, c'est conclu. D'aujourd'hui en huit, nous signons le contrat. Vous savez, mon cher garçon, que cette affaire vous regarde. Laissez-moi mettre ces dames en voiture et nous irons jusqu'au cercle en causant. Mais couvrez-vous donc, que diable ! Je ne voyais pas que vous teniez votre chapeau à la main. Il y a de quoi s'enrhumer vingt fois pour une !

Le vieillard et le jeune homme cheminèrent côte à côte jusqu'au boulevard, l'un parlant, l'autre écoutant. Et L'Ambert rentra chez lui pour rédiger de mémoire le contrat de mademoiselle Charlotte-Auguste de Villemaurin. Mais il s'était bel et bien enrhumé ; il n'y avait plus à s'en dédire. L'acte fut minuté par le maître clerc, revu par les hommes d'affaires des deux fiancés et transcrit définitivement sur un beau cahier de papier timbré où il ne manquait plus que les signatures.

Au jour dit, M. L'Ambert, esclave du devoir, se transporta en personne à l'hôtel de Villemaurin, malgré un coryza persistant qui lui faisait sortir les yeux de la tête. Il se moucha une dernière fois dans l'antichambre, et les laquais tressaillirent sur leurs banquettes, comme s'ils avaient entendu la trompette du jugement dernier.

On annonça M. L'Ambert. Il avait ses lunettes d'or et souriait gravement, comme il sied en pareille occurrence.

Bien cravaté, ganté juste, chaussé d'escarpins comme un danseur, le chapeau sous le bras gauche, le contrat dans la main droite, il vint rendre ses devoirs à la marquise, fendit modestement le cercle dont elle était environnée, s'inclina devant elle et lui dit :

– Madame la marquige, j'apporte le contrat de vochtre damigelle.

Madame de Villemaurin leva sur lui deux grands yeux ébahis. Un léger murmure circula dans l'auditoire. M. L'Ambert salua de nouveau et reprit :

– Chaprichti ! madame la marquige, ch'est cha qui va-t-être un beau jour pour la june perchonne !

Une main vigoureuse le saisit par le bras gauche et le fit pirouetter sur lui-même. À cette pantomime, il reconnut la vigueur du marquis.

– Mon cher notaire, lui dit le vieillard en le traînant dans un coin, le carnaval permet sans doute bien des choses ; mais rappelez-vous chez qui vous êtes et changez de ton, s'il vous plaît.

– Mais, mouchu le marquis…

– Encore !… Vous voyez que je suis patient ; n'abusez pas. Allez faire vos excuses à la marquise, lisez-nous votre contrat, et bonsoir.

– Pourquoi des échecuges, et pourquoi le bonchoir ? On dirait que j'ai fait des bêtiges, fouchtra !

Le marquis ne répondit rien, mais il fit un signe aux valets qui circulaient dans le salon. La porte d'entrée s'ouvrit, et l'on entendit une voix qui criait dans l'antichambre

– Les gens de M. L'Ambert !

Étourdi, confus, hors de lui, le pauvre millionnaire sortit en faisant des révérences et se trouva bientôt dans sa voiture, sans savoir pourquoi ni comment. Il se frappait le front, s'arrachait les cheveux et se pinçait les bras pour s'éveiller lui-même, dans le cas assez probable où il aurait été le jouet d'un mauvais rêve. Mais non ! il ne dormait pas ; il voyait l'heure à sa montre, il lisait le nom des rues à la clarté du gaz, il reconnaissait l'enseigne des boutiques. Qu'avait-il dit ? qu'avait-il fait ? quelles convenances avait-il violées ? quelle maladresse ou quelle sottise avait pu lui attirer ce traitement ? Car enfin le doute n'était pas possible : on l'avait bien mis à la porte de chez M. de Villemaurin. Et le contrat de mariage était là, dans sa main ! ce contrat, rédigé avec tant de soin, en si bon style, et dont on n'avait pas entendu la lecture !

Il était dans sa cour avant d'avoir trouvé la solution de ce problème. La figure de son concierge lui inspira une idée lumineuse :

– Chinguet ! cria-t-il.

Le petit Singuet maigre accourut.

– Chinguet, chent francs pour toi chi tut me dit chinchèrement la vérité ; chent coups de pied au derrière chi tu me caches quelque chose !

Singuet le regarda avec surprise et sourit timidement.

– Tu chouris, chans cœur ! pourquoi chouris-tu ? Réponds-moi tout de chuite !

– Mon Dieu ! monsieur, dit le pauvre diable ! je me suis permis… Monsieur m'excusera… mais monsieur imite si bien l'accent de Romagné !

– L'acchent de Romagné ! moi, je parle comme Romagné, comme un Oubergnat ?

– Monsieur le sait bien. Voilà huit jours que cela dure.

– Mais non, fouchtra ! je ne le chais pas.

Singuet leva les yeux au ciel. Il pensa que son maître était devenu fou. Mais M. L'Ambert, à part ce maudit accent, jouissait de la plénitude de ses facultés. Il questionna ses gens les uns après les autres, et se persuada de son malheur.

– Ah ! schélérat de porteur d'eau ! s'écria-t-il, je chuis chûr qu'il aura fait quelque chottise ! Qu'on le trouve ! Ou plutôt non, ch'est moi qui vais le checouer moi-même !

Il courut à pied jusque chez son pensionnaire, grimpa les cinq étages, frappa sans l'éveiller, fit rage, et, en désespoir de cause, jeta la porte en dedans.

– Mouchu L'Ambert ! s'écria Romagné.

– Chacripant d'Oubergnat ! répondit le notaire.

– Fouchtra !

– Fouchtra !

Ils étaient à deux de jeu pour écorcher la langue française. Leur discussion se prolongea un bon quart d'heure, dans le plus pur charabia, sans éclaircir le mystère. L'un se plaignait amèrement comme une victime ; l'autre se défendait avec éloquence comme un innocent.

– Attends-moi ichi, dit M. L'Ambert pour conclure. Mouchu Bernier, le médechin, me dira, che choir même, che que tu as fait.

Il éveilla M. Bernier et lui conta, dans le style que vous savez, l'emploi de sa soirée. Le docteur se mit à rire et lui dit :

– Voilà bien du bruit pour une bagatelle. Romagné est innocent ; ne vous en prenez qu'à vous-même. Vous êtes resté nu-tête à la sortie des Italiens ; tout le mal vient de là. Vous êtes enrhumé du cerveau ; donc, vous parlez du nez ; donc, vous parlez auvergnat. C'est logique. Rentrez chez vous, aspirez de l'aconit, tenez-vous les pieds chauds et la tête couverte, et prenez vos précautions contre le coryza ; car vous savez désormais ce qui vous pend au nez.

Le malheureux revint à son hôtel en maugréant comme un beau diable.

– Ainchi donc, disait-il tout haut, mes précauchions chont inutiles ! J'ai beau loger, nourrir et churveiller che chavoyard de porteur d'eau, il me fera toujours des farches et je cherai cha victime chans pouvoir l'accuger de rien ; alors pourquoi tant de dépenches ? Ma foi, tant pis ! J'économige cha penchion !

Aussitôt dit, aussitôt fait. Le lendemain, quand le pauvre Romagné, encore tout ahuri, vint pour toucher l'argent de sa semaine, Singuet le mit à la porte et lui annonça qu'on ne voulait plus rien faire pour lui. Il leva philosophiquement les épaules, en homme qui, sans avoir lu les épîtres d'Horace, pratique par instinct le Nil admirari. Singuet, qui lui voulait du bien, lui demanda ce qu'il comptait faire. Il répondit qu'il allait chercher de l'ouvrage. Aussi bien, cette oisiveté forcée lui pesait depuis longtemps.

M. L'Ambert guérit de son coryza et s'applaudit d'avoir effacé au budget l'article Romagné. Aucun accident ne vint plus interrompre le cours de son bonheur. Il fit la paix avec le marquis de Villemaurin et avec toute sa clientèle du faubourg, qu'il avait un peu scandalisée. Libre de tout souci, il put se livrer sans contrainte au doux penchant qui l'attirait vers la dot de mademoiselle Steimbourg. Heureux L'Ambert ! il ouvrit son cœur à deux battants et montra les sentiments chastes et légitimes dont il était rempli. La belle et savante jeune fille lui tendit la main à l'anglaise, et lui dit :

– C'est une affaire faite. Mes parents sont d'accord avec moi ; je vous donnerai mes instructions pour la corbeille. Tâchons d'abréger les formalités pour aller en Italie avant la fin de l'hiver.

L'amour lui prêta des ailes. Il acheta la corbeille sans marchander, livra aux tapissiers l'appartement de madame, commanda une voiture neuve, choisit deux chevaux alezans de la plus rare beauté, et hâta la publication des bans. Le dîner d'adieu qu'il offrit à ses amis est inscrit dans les fastes du café Anglais. Ses maîtresses reçurent ses adieux et ses bracelets avec une émotion contenue.

Les lettres de part annonçaient que la bénédiction nuptiale serait donnée à Saint-Thomas-d'Aquin, le 3 mars, à une heure précise. Inutile de dire qu'on avait le maître-autel et toute la mise en scène des mariages de première classe.

Le 3 mars, à huit heures du matin, M. L'Ambert s'éveilla de lui-même, sourit aux premiers rayons d'un beau jour, prit un mouchoir sous son oreiller et le porta à son nez, afin de s'éclaircir les idées. Mais son nez n'était plus là, et le mouchoir de batiste ne rencontra que le vide.

En un bond, le notaire fut devant une glace. Horreur et malédiction ! (comme on dit dans les romans de la vieille école). Il se vit aussi défiguré que s'il revenait encore de Parthenay. Courir à son lit, fouiller les draps et les couvertures, explorer la ruelle, sonder les matelas et le sommier, secouer les meubles voisins et mettre toute la chambre en l'air, fut pour lui une affaire de deux minutes.

Rien ! rien ! rien !

Il se pendit aux cordons de sonnette, appela ses gens à la rescousse et jura de les chasser tous comme des chiens si ce nez ne se retrouvait pas. Inutile menace ! Le nez était plus introuvable que la Chambre de 1816.

Deux heures se passèrent dans l'agitation, le désordre et le bruit. Cependant, le père Steimbourg endossait son habit bleu à boutons d'or ; madame Steimbourg, en toilette de gala, surveillait deux femmes de chambre et trois couturières allant, venant, tournant autour de la belle Irma. La blanche fiancée, barbouillée de poudre de riz comme un goujon avant la friture, piétinait d'impatience et malmenait tout le monde avec une admirable impartialité. Et le maire du dixième arrondissement, sanglé de son écharpe, se promenait dans une grande salle nue en préparant une petite improvisation. Et les mendiants privilégiés de Saint-Thomas-d'Aquin donnaient la chasse à deux ou trois intrigants venus on ne sait d'où pour leur disputer la bonne aubaine. Et M. Henri Steimbourg, qui mâchait un cigare depuis une demi-heure dans le fumoir de son père, s'étonnait que le cher Alfred ne fût pas encore au rendez-vous.

Il perdit patience à la fin, courut à la rue de Verneuil et trouva son beau-frère futur dans le désespoir et dans les larmes. Que pouvait-il lui dire pour le consoler d'un tel malheur ? Il se promena longtemps autour de lui en répétant le mot sacrebleu ! Il se fit conter deux fois le fatal événement, et sema la conversation de quelques sentences philosophiques.

Et ce maudit chirurgien qui ne venait pas ! On l'avait mandé d'urgence ; on avait envoyé chez lui, à son hôpital et partout. Il arriva pourtant, et comprit à première vue que Romagné était mort.

– Je m'en doutais, dit le notaire avec un redoublement de larmes. Animal, coquin de Romagné !

Ce fut l'oraison funèbre du malheureux Auvergnat.

– Et maintenant, docteur, qu'allons-nous faire ?

– On peut trouver un nouveau Romagné et recommencer l'expérience ; mais vous avez éprouvé les inconvénients de ce système, et, si vous m'en croyez, nous reviendrons à la méthode indienne.

– La peau du front ? Jamais ! Mieux vaut encore un nez d'argent.

– On en fait aujourd'hui de bien élégants, dit le docteur.

– Reste à savoir si mademoiselle Irma Steimbourg consentirait à épouser un invalide au nez d'argent ? Henri, mon bien bon ! que vous en semble ?

Henri Steimbourg hochait la tête et ne répondait point. Il alla porter la nouvelle à sa famille et prendre les ordres de mademoiselle Irma. Cette aimable personne eut un mouvement héroïque lorsqu'elle apprit le malheur de son fiancé.

– Croyez-vous donc, s'écria-t-elle, que je l'épouse pour sa figure ? À ce compte, j'aurais pris mon cousin Rodrigue, le maître des requêtes : Rodrigue était moins riche, mais beaucoup mieux que lui ! J'ai donné ma main à M. L'Ambert parce qu'il est un galant homme, admirablement posé dans le monde, parce que son caractère, son hôtel, ses chevaux, son esprit, son tailleur, tout en lui me plaît et m'enchante. D'ailleurs, ma toilette est faite, et ce mariage manqué me perdrait de réputation. Courons chez lui, ma mère ; je le prends tel qu'il est !

Mais, lorsqu'elle fut en présence du mutilé, ce bel enthousiasme ne tint pas. Elle s'évanouit ; on la força de revenir à elle, mais ce fut pour fondre en larmes. Au milieu de ses sanglots, on entendit un cri qui semblait partir de l'âme :

– Ô Rodrigue ! disait-elle ; j'ai été bien injuste envers vous !

M. L'Ambert resta garçon. Il se fit faire un nez d'argent émaillé, et céda son étude au maître clerc. Une petite maison de modeste apparence était à vendre auprès des Invalides ; il l'acheta. Quelques amis, bons vivants, égayèrent sa retraite. Il se fit une cave de choix et se consola comme il put. Les plus fines bouteilles du Château-Yquem, les meilleures années du clos Vougeot sont pour lui. Il dit quelquefois en plaisantant :

– J'ai un privilège sur les autres hommes : je puis boire à discrétion sans me rougir le nez !

Il est resté fidèle à sa foi politique, il lit les bons journaux et fait des vœux pour le succès de Chiavone ; mais il ne lui envoie pas d'argent. Le plaisir d'entasser des écus lui procure une ivresse assez douce. Il vit entre deux vins et entre deux millions.

Un soir de la semaine dernière, comme il cheminait doucement, la canne à la main, sur le trottoir de la rue Éblé, il poussa un cri de surprise. L'ombre de Romagné en costume de velours bleu s'était dressée devant lui !

Était-ce bien réellement une ombre ? Les ombres ne portent rien, et celle-là portait une malle sur des crochets.

– Romagné ! s'écria le notaire.

L'autre leva les yeux et répondit de sa voix lourde et tranquille :

– Bonchoir, mouchu L'Ambert.

– Tu parles ! donc, tu vis !

– Chertainement que je vis !

– Misérable !... mais alors qu'as-tu fait de mon nez ?

Tout en parlant ainsi, il l'avait saisi au collet et le secouait d'importance. L'Auvergnat se dégagea non sans peine, et lui dit :

– Laichez-moi donc tranquille ! Est-che que je peux me défendre, fouchtra ! Vous voyez bien que je chuis manchot ? Quand vous m'avez chupprimé ma penchion, je chuis entré chez un mécanichien, et j'ai eu le bras pinché dans un engrenage !